只 为 优 质 阅 读

好
读
Goodreads

于秀溪 著

哪吒传

湖南文艺出版社
HUNAN LITERATURE AND ART PUBLISHING HOUSE

博集天卷
CS-BOOKY

·长沙·

哪吒见此情景，又急又气，又恼又恨，
一腔怒火，双目圆睁，连喊带叫，
跃身扑上，一把揪住敖光的胳膊……

话音刚落，只听哗啦啦一阵响动，
忽地跳起一个人来，面皮白净，
脸蛋粉红，身长一丈六尺，此乃哪吒莲花化身。

韩涛见哪吒脚踏二轮，不摇不晃，十分纳闷，心里一急，又连喊两声："哪吒下轮！哪吒下轮！"说着，举起钢鞭，向哪吒打来。

谁知哪吒，早已踏轮而起，在孟津上空，朗朗喊道："父老乡亲，稍等片刻，明君武王，就要进城……"黎民万众，欢声雷动；星光灿烂，红霞似锦……

我命在我不在天！

目次

第一章　出世闹海　001

第二章　射箭阔祸　021

第三章　斗妖降龙　041

第四章　威震龙宫　059

第五章　打碎神像　079

第六章　金塔令箭　095

第七章　皇城救父　119

第八章　母子深情　139

第九章　九龙山上　161

第十章　西岐儿女　181

1

第十一章　鹤云岭下　　203

第十二章　魔窟洞里　　225

第十三章　红衣女将　　245

第十四章　将计就计　　265

第十五章　斩妖除怪　　287

出世闹海

殷商末年，纣王当政，荒淫暴虐，残害贤良。天下八百镇诸侯，有半数以上不满昏君，纷纷发兵攻打皇城朝歌。眼见风狂雨骤，世道大变，百姓遭难，人心惶惶，纣王却视而不见，听而不闻，仍日夜幽居深宫，与美人妲己贪杯交欢，醉中取乐。

　　朝中一班忠臣良将，深怀忧国忧民之情，齐到元戎府，参拜镇国武成王黄飞虎，请他拿个主意。武成王精忠报国，战功赫赫，备受纣王宠信。他不忍眼看商汤数百年基业毁于纣王手中。于是，便冒杀身之祸，上殿启奏，劝谏纣王应以国事为重，切莫沉醉于酒色之中。不料，纣王恼羞成怒，拂袖而去。武成王万般无奈，只得传下令箭，命各守关将士，严阵以待，谨防叛逆作乱。

且说陈塘关守将李靖，年近五十，自幼访道修真，只因仙道难成，被仙师派下山来，辅助纣王，官居总兵。这座古城，雄关险隘，是通往皇城的咽喉要道。这一天，李靖接到武成王的令箭，才知天下要大乱一场，纣王宝座岌岌可危，不免心中惆怅。再者，夫人殷氏，有孕在身，怀胎已有一年之久，迟迟不见婴儿降生，岂非咄咄怪事？为此，李靖心神不定，时常忧烦。但在夫人面前，急又急不得，恼又恼不得，只是不断嗟叹，忧心忡忡。自接到军令，便披挂整齐，振作精神，带领长子金吒，次子木吒，来到城外九湾河畔，操演三军，训练士兵。

　　九湾河两岸，水田麦垄，一望无垠；村墟错落，岸柳交辉，桑麻遍地，鸡犬相闻。极目东海，水天一色，碧波粼粼，千帆隐隐。已是红日三竿，才见三五渔夫，成群搭帮，出海归来。半路上，忽见闯来一队人马，连人带鱼，抢劫而去。渔夫大喊大叫，连呼：

　　"救命啊！救命啊！"

　　李靖闻声，率领士兵，拍马追来。那队强人策马疾驰，不料被李靖迎头截住。李靖举起宝剑，喝道：

　　"大胆！你是何人？光天化日之下，竟敢拦路抢劫？岂有此理！"

那领头之人面如蓝靛，巨口獠牙，手持大斧，怒目而言："我是巡海夜叉李艮，奉了龙王之命，前来捉拿贱民。你快躲开，我这板斧可不认人！"

"你这畜生，也敢在我面前逞凶！"李靖心中大怒，纵身一跃，朝李艮一剑劈来。

李艮举起斧来，用力一挡，当啷一响，一簇火星，闪闪烁烁。

李艮后退两步，抡起大斧，狠狠砍杀。

李靖一躲一闪，瞅准时机，照夜叉脸上猛刺一剑。李艮急忙把头一低，只听哧溜一声，一绺红发被割了下来。李艮战战兢兢，不敢再战，便一手抱头，一手提斧，狼狈逃窜。

夜叉的随从，见势不妙，也仓皇逃跑。

李靖放眼一望，已不见李艮踪迹，便将渔夫安慰一番，嘱咐他们："日后下海，多加小心。"渔夫连声道了谢，忙从鱼篓里抓出活鱼鲜虾，争先恐后，送给李靖。

李靖抱拳施礼，笑道："多谢各位父老！你们的一片心意，我收下；这鱼这虾，来之不易，一家大小都眼巴巴盼着你们哪，快回去吧！"说罢，拨转马头，扬鞭而去。

渔夫将鱼虾放回鱼篓，望着李靖远去的背影，啧啧赞叹："李总兵,好人哪!"

李靖刚回到演兵场,忽见两个丫鬟,慌慌忙忙,气喘吁吁,跑来禀报:"老爷,大事不好!夫人生下一个……"

李靖一听,心中大喜,笑道:"夫人怀胎一年之久,婴儿终于降生,是男是女,我都高兴啊!看你二人如此惊慌,还真吓我一跳呢!"

两个丫鬟更加心慌意乱,一齐摆手道:"老爷,请火速回府!夫人生下一个肉球,还不知是妖是怪呢!"

李靖闻听,如电击雷轰,顿时炸蒙。待他慢慢清醒过来,才摇摇晃晃回到帅府。

李靖手执宝剑,急忙来见夫人。一进屋,就闻到阵阵异香,顿觉沁人心脾;低头一看,见一肉球,红光耀眼,在地上滴溜溜旋转。李靖见状,大吃一惊,呆呆地凝视了半晌,暗想:这个肉球,非妖即怪,必是凶多吉少。他又气又恼,壮着胆子,拔出宝剑,朝着那肉球猛劈过去。只听訇然一声,肉球分开,噌地跳出一个小孩儿来,嘎嘎笑着,满地乱跑。

李靖定睛看时,只见这孩儿肚腹上围着一块红绫,映得遍体红光;右手套着个金镯,光华四射。李靖眼花缭乱,不敢上前接近,躲在一旁,心里突突直跳。

这个孩儿面皮白净，圆圆的脸蛋上，粉红粉红，宛如两朵桃花盛开，煞是好看。两只眼睛，似两颗明珠，闪闪发光。眉心之间，一点红痣，犹如宝石，熠熠生辉。一头黑发，两个鬏髻，好似仙童，招人喜爱。李靖又想：这要真是个妖怪，若被外人知道，闹个满城风雨，岂不败坏总兵声誉？想到此，举剑要砍，殷氏夫人慌忙拦住，道："老爷，这孩儿虽说怪异，却是不同凡响，你就饶他一命吧！"

李靖正犹豫不决，那孩儿跳过来，喊着："双亲大人，孩儿来迟了！"一头扑在母亲怀里，爹长娘短，叫个不停。

殷氏夫人搂住孩儿，眉开眼笑。看一眼，亲一口；亲一亲，看一看，像捧着一颗珍珠，再也不肯撒手。李靖愣在一旁，仔细端详一番，见这分明是个宝贝，怎能忍心将他当作妖怪杀掉呢？想来想去，倒有点后悔了。他连忙收回宝剑，走出帅府，又到演兵场去了。

几天之后，城里城外，官兵百姓，闻听李将军添了个三公子，便三三两两，登门贺喜。李靖不知是喜是忧，只是按照素常礼仪，迎来送往，一一应酬。

这一日，青天湛湛，春风徐徐；桃红柳绿，喜鹊闹枝。李靖心旷神怡，正待出府，忽见家将来报，说门外有一道人，要拜见将军。

李靖原是道门，怎敢忘本，急急忙忙，走出府来。见一长者，道袍大袖，麻履丝绦，鹤发童颜，仙风道骨，手执拂尘，含笑不语。李靖毕恭毕敬，拱手作揖，请道人入府叙话。

来到大厅，道人朝李靖稽首道："闻知将军生了公子，特来贺喜。贫道从乾元山而来，愿见公子一面，不知尊意如何？"

李靖心里纳闷，这位道人，如何得知我家生了公子？可又不便多问，忙唤丫鬟抱出三公子，送到道长面前。

道人接过公子，细细打量一遍，微笑道："将军，这孩儿可曾起名？"

李靖忙答："这孩儿生得怪异，难以命名。"

道人沉吟道："贫道给他起个名，就与贫道做个徒弟，如何？"

李靖喜出望外，道："如此最好，我正为此发愁呢！"

道人又问："将军有几位公子？"

李靖答道："长子金吒，拜五龙山云霄洞文殊广法天尊为师；次子木吒，拜九宫山白鹤洞普贤真人为师。这三子既拜道长为师，就请赐一名字，岂不名正言顺？"

道人晃动拂尘，沉思片刻，说声："有了！就叫哪吒，如何？"

李靖拊掌大笑道："好！一言为定，就叫哪吒。"说着，吩咐家丁，速备斋席，答谢道长。

道人将孩子递与李靖，婉言推辞，道："贫道有事，即刻回山。待哪吒长大，便可告说，贫道乃乾元山金光洞太乙真人，有事可到师父山上。"说罢，离了大厅，走出帅府，驾起云雾，飘然而去。

李靖送别道长，抱着哪吒来见夫人，将太乙真人为三公子起名一事，细说一遍。殷夫人接过哪吒，搂在怀里，只见那红绫，艳红艳红，愈加光彩夺目；那金镯，锃亮锃亮，越发闪光耀眼。李靖夫妇暗自欢喜，连声叫道："哪吒！哪吒！"哪吒应了几声，从母亲怀里挣脱开来，在屋里蹦呀，跳呀，不住口地喊着："父亲！母亲！"李靖夫妇惊喜万分，从此把哪吒视作掌上明珠。

哪吒降生到陈塘关，乃是领了仙师符命，日后要做姜子牙灭汤伐纣的先行官。这金镯是乾坤圈，红绫名叫混天绫，这两件宝物，本是乾元山镇金光洞之宝。如今，哪吒佩带在身，降到人间来，自有用场。这些，只有哪吒明白，连父母都无从知晓。

光阴如箭，日月如梭。转眼之间，哪吒长到七岁。这一年盛夏时节，李靖率领三军将士，到野马岭操练。哪吒想去看个热闹，就偷偷跟在队伍后边，出了城关，向野马岭进发。

爬到半山，哪吒猛一回头，向下一看：但见九湾河，蜿蜒曲折，水清如镜；两岸修竹茂林，岚光云影，轻烟缥缈。远望东海，见水天相接，怒潮滚滚，惊涛拍岸。再举目四望，更见那青山碧水，城郭隐隐，云蒸霞蔚，如诗如画。哪吒真没想到，这陈塘关，竟有这般山光水色，真是太迷人啦！他见队伍已经走远，也不追赶，索性折回山下，沿着山径幽曲，踏着萋萋芳草，徜徉在九湾河畔。

哪吒边走边看，忽听一阵呜呜哭声，从一间茅屋传来。哪吒好奇，推开柴门，往里一瞧，只见一位骨瘦如柴的老阿婆，正躺在干草堆上，时而呻吟，时而哭叫。哪吒不禁愕然，问道："老奶奶，您怎么啦？"

老阿婆挣扎着坐起来，哭天抹泪，哀声叹道："前天，俺那儿子到东海撒网捕鱼，被龙王爷抓去，至今下落不明。哎哟哟，天哪！俺咋活下去呀！"说完，一头栽倒，又呜呜地哭起来。

"这龙王爷真坏！"哪吒心里暗暗骂了一声，然后告别老阿婆，出了茅屋。

哪吒又朝前走去。走着走着，又听到铿铿的伐木声。走近一看，见一壮年汉子，虎背熊腰，五大三粗，正抡着大斧，吭哧吭哧，砍一棵大树。哪吒问道："阿叔，您要盖新房，是吗？"

"不！"那壮年汉子连头也没回，便说，"俺呀，要造只大船。"

哪吒又问："阿叔，干吗要造大船呀？"

壮年汉子汗流满面，气呼呼地说："真倒霉！俺那只小船，前些天被龙王爷给毁掉了。这回，俺要造只大船，气死龙王爷！"

"呀！"哪吒惊诧道，"龙王爷真凶！他现在在哪里？我倒想见见他哩！"

壮年汉子哈哈一笑，砍一斧，说一句："龙王爷，住东海；心肠毒，如蛇蝎；惹恼他，遭祸害！小兄弟，快躲开！"

哪吒听了，觉得有趣，冲壮年汉子笑了笑，又向前走去。那呜呜的哭叫声，铿铿的伐木声，萦绕在哪吒耳边，震响在哪吒心里。他边走边想：那龙王爷，为啥这般猖狂？可惜他深居龙宫，我哪吒难以见到，不然的话，我倒要问个明白。想着，走着，不觉来到九湾河下游，放眼望去：水波潋滟，清澈见底；两岸花草，景致旖旎。哪吒环顾四周，不见一人，心中大喜，喃喃自语道："我正热得难受，何不下河洗个痛快！"说着，咕咚一声，跳到河里，来来回回，游了几遭。随后，坐到一块青石上，取下混天绫，放在水里，摇摇摆摆，晃晃荡荡，蘸着清水，擦身洗澡。

这九湾河下游，紧靠东海口。哪吒将混天绫往河里一放，顿时映红河水。摆一摆，江河晃动；摇一摇，龙宫震撼。

哪吒兴致勃勃，喜气洋洋，把混天绫一摇一摆，越洗越高兴。他哪里料到，这法宝威力无比，竟将水晶宫搞得颤颤悠悠，摇摇晃晃，嘎吱嘎吱，哗哗乱响。

话说龙王敖光，正坐在水晶宫与龙子龙孙开怀畅饮。忽听宫门哗哗震响，又见宫殿频频摇动，顿时惊骇，忙问左右："为何宫殿摇晃？"

龙子龙孙，早吓得魂飞魄散，一个个缩头缩脑，齐往龙案底下躲避。

敖光惊慌失措，唤来巡海夜叉李艮，命他速到海口查看，究竟是何人作怪。

李艮领命，带上一班龙兵，来到九湾河一望，只见河水通红，光华灿烂，河中青石之上，有个小孩正摆动红罗帕，蘸水洗澡。

李艮惊异万分，拨开水面，靠近哪吒，猛喝一声："呔！你这顽童，用何怪物映红河水？为何摇撼我家龙宫宝殿？"

哪吒闻声，回头一看，见从水底钻出一个怪物：青面獠牙，红发蓝眼，张着血盆大口，凶神恶煞一般，手持板斧，来威逼恫吓。哪吒眨巴着眼睛，看了看李艮，心里十分厌恶，骂道："你这畜生，丑八怪！真恶心人！还配跟小爷说话？"说完，便扑通一下，一个猛子扎进水里。

巡海夜叉李艮，本是玉皇大帝的御笔点差，一贯仗势欺人。今日被哪吒骂作畜生，说成丑八怪，大为恼火，用斧劈开一条水路，四下寻找哪吒。

哪吒露出水面，纵身一跃，跳上岸来，赤条条地站定，晃动混天绫，咯咯笑道："喂，畜生！丑八怪！小爷在这里哪！"

李艮咬牙切齿，两眼射出绿光，飞身上岸，大骂一声："顽皮猴，我是巡海夜叉李艮，快随我去见龙王爷！"

哪吒笑笑，大声说："喂，丑八怪！快去禀报你家龙王，叫他往后别再作恶，要不然，等小爷洗完澡，就去找他说理！"

李艮张牙舞爪道："呔！你再耍赖，我这板斧可不认人！"

哪吒右手一扬，乾坤圈铿然作响，金光闪闪，笑道："丑八怪，记住！小爷这乾坤圈，专打坏人！"

李艮大怒，抡起大斧，一个箭步，朝哪吒劈来。

哪吒手疾眼快，一闪一躲，就势来个鲤鱼跳龙门，嗖的一下，腾空而起。

李艮扑个空，一斧砍在石头上，当啷一响，火星四溅。只因用力过猛，震得虎口麻酥酥的，酸疼酸疼，嗷嗷直叫。

哪吒取下乾坤圈，握在手中，飞身扑来，瞄准夜叉头顶，狠狠砸下。李艮一声惨叫，脑浆迸流，立时毙命。那班龙兵远远躲着，在水面上伸着脖子，探头探脑，眼见夜叉已死，也不去搭救，便摇头摆尾，逃回龙宫报信去了。

哪吒见乾坤圈上，沾了夜叉的污血，心里很不高兴，便踢了李艮一脚，自言自语道："你这丑八怪，真不经打！可惜你玷污我这宝贝！"接着，又跳到河里，坐在青石上，摇摇晃晃，洗涮乾坤圈上的斑斑血迹。

这混天绫、乾坤圈，原是乾元山镇金光洞之宝。今日在哪吒手里，接二连三摇摇摆摆，晃晃荡荡，险些把水晶宫晃倒。敖光等候已久，不见夜叉回来，只见龙宫又被震撼，比先前晃动得更厉害，大有顷刻崩塌之势。龙王正惶恐不安，忽见龙兵来报，才知巡海夜叉，与一顽童相斗，被打死在岸边。敖光龙颜大怒，忙唤虾兵蟹将，随他上岸，去为夜叉报仇雪恨。

龙王三太子敖丙，大摇大摆，挤出人群，上前劝奏道："龙君息怒！为捉拿一个小小顽童，何必兴师动众？区区小事，儿愿代劳！请龙君稍等，孩儿去去便来！"

敖光一想，为一顽童，也实在不必亲自出马，便传令敖丙，只带三五个龙兵，速将那顽童抓来龙宫。

敖丙领命，点了五个精壮龙兵，提上画戟，骑着逼水兽，吆五喝六，分开水势，杀出水晶宫。

哪吒洗净乾坤圈，收起混天绫，待要上岸回府，忽见怒涛汹涌，浪花飞溅，从波峰浪谷中冲出一只水兽，兽上坐着一人，金盔银甲，横眉立目，持戟杀来。哪吒急忙站起，大声问道："喂！你是来寻找那丑八怪的吧？"说着，跳到岸上，用手一指，又喊道："来吧，丑八怪躺在这里，睡得正香！"

敖丙一惊，忙问："打死巡海夜叉李艮的，可是你这顽童？"

哪吒拍着胸脯，朗朗答道："正是。"

敖丙催赶水兽，逼将哪吒，问道："你是何人？为何打死天王殿差？"

哪吒立于岸边，理直气壮，回答道："我乃陈塘关李靖的三公子，哪吒是也。我在此洗澡，与夜叉何干？他跑来骂我，还用大斧砍我。我只用乾坤圈打他一下，他就死了。你说，这能怨我吗？"

敖丙一听，怒发冲冠，骂道："好泼贼！你仗着你父亲是一镇之主，竟敢打死天王殿差！"说着，举起画戟，来刺哪吒。

哪吒用乾坤圈一挡："慢！你是何人？通个姓名，我要跟你讲理。"敖丙报过姓名，哪吒哈哈一笑，道："原来是敖光之子！你要惹恼了我，别说你是龙王太子，就是你家老泥鳅出来，我也得剥他一层皮！"

敖丙气冲霄汉，两眼喷火，怒吼一声，摇动画戟，又向哪吒刺来。

哪吒闪身躲开，把混天绫一展，抛到半空，像一片红霞，缓缓降下，将敖丙裹下水兽。敖丙连滚带爬，追到岸上，举起画戟，刺杀哪吒。哪吒提起乾坤圈，腾空飞起，朝着敖丙脑门，猛砸一下，敖丙来不及喊叫，已现出他的真形，原来是条小黑龙。

哪吒十分高兴，拍手笑道："好，好！我抽下你的龙筋，做一条龙筋绦，送给父亲束甲。"说着，剥皮抽筋，忙了半天。敖丙的五个随从，见此情景，躲在水里，暗暗叫苦。

哪吒回到帅府，悄悄进了花园，将龙筋挂在树梢上，然后去后堂见母亲。

日落西山，云霞满天。李靖操演回来，卸去盔甲，坐于前厅。忧思纣王失政，逼反天下六百诸侯，日见生灵涂炭，民不聊生，不免烦恼异常。

再说龙王敖光闻知，陈塘关李靖之子哪吒，又将三太子打死，连龙筋都抽去了。真是火上浇油，痛心切骨！敖光大怒，恨不得一把抓到哪吒，撕个粉碎。他决定亲自出马，去为三太子报仇。于是，披挂整齐，手执宝剑，走出龙宫，分开水势。跃上堤岸，四下一望，不见哪吒踪影，当即摇身一变，化作秀士模样，径往陈塘关而来。

敖光一进帅府，见了李靖，一脸怒色，道："李总兵，你在西昆仑学道，我与你也有一拜之交。今日，你三子哪吒，在九湾河洗澡，不知用何法术，将我水晶宫几乎震倒。我差夜叉来看，便将我夜叉打死，我三子敖丙来看，又将我三太子打死，还把他筋抽了。我来问你，你我之间有何冤仇，为何纵子行凶？"说到此，不觉心酸，掉下两行眼泪。

李靖一听，忙赔笑道："三子哪吒，年方七岁，小小年纪，怎会做出这等大事来？道兄不必性急，待我唤来哪吒，当面问个明白。"说罢，请敖光坐下等候。他来到后房，一见哪吒，便问："我儿，你今日可曾到九湾河玩耍？"

哪吒见父亲神色慌张，就如实说道："孩儿今日在九湾河洗澡，有个夜叉李艮，从水里钻出来骂我，还拿大斧来劈我。孩儿急忙躲过，只用乾坤圈打他一下，谁知他不经打，就死了。后来，又杀出个三太子敖丙，拿画戟连连刺我。我被惹火了，就抛出混天绫裹住他，又一圈砸过去，不想却打出一条小黑龙来。孩儿想龙筋贵重，便抽了出来，做一条龙筋绦，与父亲束甲。"

李靖一听，吓得魂飞魄散，张口如痴，结舌不语。殷夫人也吓得六神无主，张皇失措，喃喃自语："这如何是好？这如何是好？"

哪吒不慌不忙地说："双亲大人，你们放心！不知者不怪罪，那龙筋放在花园里，又不曾弄坏。将原物还他，还不行吗？"

李靖冒出一身冷汗，这才如梦初醒，大声喝道："你这孽障！惹下这等大祸，快去见你伯父，当面说个明白！"

哪吒跑到后花园，从树梢上取下龙筋，然后随父亲走进前厅，见了敖光，上前跪拜道："伯父，小侄不知，一时性急，误伤了夜叉和三太子性命，望伯父恕罪。龙筋在此，分毫未动，原物奉还。"说罢，将龙筋递给敖光。

敖光接过龙筋，双手颤抖，心如刀扎，两行老泪，潸然而下。

李靖一旁劝道："道兄，莫要过分伤心！都怪我平时教子不严，宠坏了这孽障！既然孩儿认了错，道兄就饶他一回吧！"

敖光收住眼泪，勃然大怒，指着李靖说："我儿敖丙，本是一方正神；夜叉李艮也是玉帝御笔点差，岂能容你儿子无端打死？我明日奏报玉帝，要你们以命抵命，决不轻饶！"说罢，两脚一跺，化作一缕青烟，随风飘去。

李靖眼见祸从天降，捶胸顿足，暗暗流泪。

殷夫人自知祸事不小，急急忙忙来到前厅，见李靖泪流满面，忙问："老爷，莫非敖光不依吗？"

李靖抹了把眼泪，气冲冲地说："敖光要到玉帝那里告御状，叫我们以命抵命！啊呀，这灭门之祸就要临头！不出三两日，你我夫妻就要变成刀下鬼了。这……这……如何是好？"

殷夫人听罢，惊叫一声，一头栽到李靖怀里，痛哭起来。

哪吒这才觉得事情不妙，便扑通一声，跪在双亲面前道："父亲！母亲！事到如此，也不必惊慌！常言道，一人做事一人当。我闯的祸，决不连累父母！你们放心，我自有办法对付那老泥鳅。"说罢，又拜了几拜，辞别父母，出了府门。这时，门前飘来一片彩云，哪吒纵身一跳，脚踩祥云，飘然飞去……

第二章

射箭闯祸

乾元山云生八处，雾起四方，巍峨险峻，直插苍穹，山上瀑布飞泻，山下曲径回流。崖前梅林修竹，苍松翠柏；满山青藤攀扶，百草含香。楼阁飞丹凤，荷池映彩虹。空中鹤唳声声，远处松涛阵阵，更为这福地仙境，平添了神秘色彩。

　　哪吒驾着祥云，来到金光洞，见此幽雅风景，颇有野趣，心中暗暗赞叹。他不敢擅自进入洞府，等候多时，才见一个童儿一边唱歌，一边赶着一群丹顶雪羽的大白鹅，从荷池那边缓缓走来。哪吒急忙上前，施礼探问："请问一声，太乙真人可在洞府？"

　　那童儿疑惑，将哪吒上下打量一番，反问一声："你是何人？到此有何贵干？"

哪吒报了姓名，道："我从陈塘关而来，有要事找师父相商。"

"啊，原来你是哪吒！"童儿一把拉住哪吒，亲昵地说，"我名叫金霞，师父常跟我提起你哩。好极了，今日师兄临门，师父准得高兴！快随我去拜见师父吧！"说罢，打了串呼哨，赶着白鹅，领着哪吒来见太乙真人。

这会儿，太乙真人正手执拂尘，端坐在碧游床上，闭目养神。忽听金霞童儿来报哪吒拜见，这才微微睁眼，急急走来。没等哪吒叩拜，太乙真人就开口问道："哪吒！你不在陈塘关，到山上来是何道理？"

哪吒倒身拜了几拜，才把误伤敖丙、夜叉二人性命的来龙去脉，细细说了一遍。说罢，他见师父眉峰紧蹙，缄默不语，就恳求道："师父，龙王敖光那里，我已然赔礼认错，可他死活不饶，非要弟子抵偿性命不可。这还不算，他竟扬言要到天宫，告什么御状，想搬请玉皇大帝，将我父子置于死地！师父呀，师父！这生死存亡关头，只有请您出面搭救！"

太乙真人摇动拂尘，仍不作声。心想：夜叉与敖丙仗势欺人，实在可恶。哪吒年幼无知，行事莽撞，一时性急，与人争斗，彼此难免造成伤亡。既然是误伤性命，哪吒又知错认错，从此痛改前非，那敖光就该通情达理，宽容宽让。再说，那敖光身为龙中之王，又仗着天帝宠爱，一向骄横跋扈，称王称霸，使得百姓万民，敢怒而不敢言。今日为了此事，竟干渎天庭，真是不谙事体！罢，罢，罢！事到如今，也该教训教训那老龙王，让他尝尝哪吒的厉害。太乙真人想到此，这才微微一笑，离开碧游床。

哪吒见师父飘飘洒洒，优哉游哉，慢慢踱过来，他便一个箭步，扑到师父跟前，喊道："师父，师父！您快说话呀，真急死人啦！"

太乙真人晃了晃拂尘，呵呵笑道："哪吒，你快把衣裳解开。"

哪吒愣住了，暗想：师父不说给我出个主意，却让我解开衣裳，真是莫名其妙！可是，他不便多问，又不敢执拗，只得乖乖地解开衣衫。

太乙真人不慌不忙，信手打开一只镶金雕花的红盒，取出一张护身符，贴在哪吒胸前。哪吒两眼圆睁问："师父，您这是啥意思呀？"

太乙真人笑了笑："到时候，你就明白了。"随即吩咐哪吒，说："你到灵霄殿前……如此这般。完事之后，你速回陈塘关，对你父母说，一人做事一人当，决不牵累双亲。快去吧！倘若再生意外，有师父为你做主。"

哪吒穿好衣衫，拜了又拜，谢别师父，出金光洞，念了隐身秘诀，坐上彩云，飘飘然升到天宫。

哪吒初登上界，乍见天堂，金光万道吐红霓，瑞气千条喷紫雾。南天门楼阁嵯峨，巍巍壮观；琉璃碧沉沉，宝鼎明晃晃。两边有四根擎天柱，赤须龙上下盘旋飞舞；正中有两座玉带桥，丹顶鹤亮翅飘然凌空。天上有三十三座仙宫，一宫宫脊吞金獬豸；又有七十二重宝殿，一殿殿柱列玉麒麟。寿星台、禄星台、福星台，台下有千年奇花异草；炼丹炉、八卦炉、水火炉，炉中有万载珍禽异兽。朝圣殿明霞灿烂，复道回廊，处处玲珑剔透；灵霄殿金碧辉煌，三檐四簇，层层龙凤翔翔。御花园里，百鸟朝凤，玉兔奔突，彩蝶纷飞；奇葩争艳，秀草芳菲，万紫千红。正是：天宫奇景般般有，仙境异物件件稀。

哪吒驾云遨游天宫，看到这万千气象，真是赏心悦目，大开眼界，觉得人间天上，迥然不同。他暗自思量，有朝一日，陪父母兄长到此一游，该有多美！……唉，可惜眼下大难临头，胡思乱想也不中用；还是去寻找敖光，与那老泥鳅做一番较量，才是当务之急呢！想到此，纵身

025

翻下云头，一溜烟地跑到灵霄殿前，东张西望，不见敖光踪影。那来来往往的天兵天将，手中的刀枪剑戟，难免碰到哪吒身上。可哪吒却忍气吞声，只是一闪一躲，并不出声，恐怕被人察觉，误了大事。

不多时，只见敖光朝服叮当，大摇大摆，趾高气扬地走了过来。哪吒胸前有隐身符，念了秘诀，早变作隐身人，他能看见别人，别人却看不见他。哪吒见敖光昂首挺胸，盛气凌人，不可一世，顿时火冒三丈。他朝前一扑，用头一撞，那敖光呦呵一声，一个趔趄，几乎摔倒，他定睛一看，却不见四周有任何路障，只听身旁笑声朗朗。敖光一时惊呆，便骂声："见鬼！见鬼！"

哪吒忍住笑，提起乾坤圈，照准敖光后心一顿猛打，如饿虎扑食，敖光猝不及防，被打翻在地。哪吒趁势扑上去，一脚踏在敖光背上，连踩带骂："喂，老泥鳅！你快睁开狗眼瞧瞧，我是哪吒，还认得吗？"

天兵天将闻声站住，忽见龙王敖光倒在殿前，都吓了一跳。又听到哪吒的声音，在耳旁回响，就是看不见人在哪里，都感到事情蹊跷。一个个呆呆地站着，不敢上前去救敖光。

敖光更觉奇怪，只听到话音，却不见人影。不过，听这口气，他断定准是哪吒，便一边挣扎，一边大骂："小冤家，你真是胆大妄为，无法无天！竟敢追到这灵霄殿前，痛打龙王老爷。往日旧恨未雪，而今又添新仇；你若不快快逃命，我将你拿到玉帝跟前，定叫你粉身碎骨，死无葬身之地！"

哪吒被骂火了，一怒之下，握紧双拳，乒乒乓乓，乒乒乓乓，如捣蒜一般，连捶数十拳，边打边说："老泥鳅，你别怕，我今日只将你教训一番，从此改邪归正，我还认你这个伯父。要不然，就是打死你，也不碍事！"

敖光挨打，疼痛难忍，哼哼唧唧，不肯服输，龇牙咧嘴道："好孽障，你尽管打！我让你痛打一时，倒霉一世！"

哪吒冷笑了两声："嘿嘿！怎么着？你不认输，是不是？好，你有本事，快去搬请玉皇大帝，来救你的命吧！"说着，又雨点似的猛捶一阵，笑道："你横行霸道，不就是仗着玉帝给你撑腰吗？你告状去吧，干吗不动窝呀？"

敖光怒目圆睁，气喘吁吁，被哪吒死死踩住，一丝一毫也动弹不得，只是恶狠狠地叫骂："好孽障，看你敢把我打死！"

哪吒想起：龙怕揭鳞，虎怕抽筋。你让打，我还不想打你了，咱就揭揭你老泥鳅的鳞甲吧。于是，哪吒伸手一扯，用力过猛，"嗤"的一声，撕掉半边朝服，敖光左肋下露出片片鳞甲。哪吒猛抓一把，敖光大叫一声，哪吒又连抓几把，敖光又连喊几声。噌噌噌，哪吒抓了一把又一把，少时便揭下几十片鳞甲。敖光忍受不住，嗷嗷直叫，连喊："饶命！饶命！"

哪吒笑说："要我饶命，并不难，可你得乖乖答应，不去告什么御状，跟我速回陈塘关去，我就饶你。你要不依，打死你，我也不怕！"

敖光上气不接下气，喘作一团，忙说："罢，罢，罢！只要饶命，我便依你。"

看到这里，那些天兵天将才恍然大悟，原来是一对冤家在此相遇。众兵将看完热闹，便纷纷散去。

哪吒放开敖光，只见敖光金刚怒目，一骨碌爬了起来。哪吒叫敖光在前边走，敖光摇摇摆摆，一步一停，慢慢挪蹭。哪吒见敖光不老实，怕他中途逃跑，那将前功尽弃。再说，龙会变化，要变大，能撑天柱地；要变小，可芥子藏身。哪吒想了想，就对敖光说："看你浑身是伤，行走不便，你快变个小青蛇，我带你回去。"

敖光不知是计，况且懒得行走，想讨个便宜，便道声谢，立时变成一条小青蛇。哪吒念了现身秘诀，露出真貌，接着，张开衣袖，裹住小青蛇，驾起云彩，离开灵霄殿前，往陈塘关去了。

不一会儿，到了陈塘关。哪吒跳下云头，进了帅府，见李靖紧锁双眉，愁容满面，便上前说道："父亲，不必忧愁！孩儿追到天宫，已把敖光拿回家来。他还答应，不到玉帝那里告状去了。"

李靖闻听，吃惊不小，大喝一声："你这孽障，休要拿好话来骗我！我且问你，你有几个脑袋，敢上天庭胡作非为？"

哪吒笑说："父亲何必动怒？孩儿说话一是一，二是二，从不说谎。不信，你瞧！敖光就在这里。"说罢，伸手从袖里抓出小青蛇，往地上一丢。他大叫一声："变！"一阵清风，化作一缕青烟。顷刻间，小青蛇现出真形。只见那敖光朝服破碎，凶相毕露，怒视李靖。

李靖惊叫一声，倒退三步，目瞪口呆。敖光怒不可遏，把他在灵霄殿前被打之事细说一遍。接着，撩起朝服，指着肋下被揭鳞甲，叫李靖看个仔细，并咬牙切齿道："我说老弟，你千不该，万不该，不该纵子行凶！在灵霄殿前，我若不再三求饶，连这老命也难保住。也好，留得青山在，何愁无柴烧。我今日大难不死，这新仇旧恨一齐报！"说罢，猛一跺脚，腾起一缕青烟，随风飘去。

哪吒心地纯真，又毕竟年幼，没料到敖光老奸巨猾，玩个金蝉脱壳计，逃脱了性命。他后悔莫及，望着飘去的青烟，叹道："嘻，当初真不该放开你！"

李靖早吓得面如土色，躲在一旁，连连叫道："天有不测风云，人有旦夕祸福！敖光与我结下冤仇，这如何是好？"

殷夫人和金、木二吒闻声赶来，扶住李靖，齐问为何这般惊慌。李靖用手一指哪吒，骂道："都是这小孽障，闯下祸端，叫人不得安宁！"

哪吒走到李靖面前，安慰道："父亲放心！一人做事一人当！要不是我师父有言在前，别看敖光是龙中之王，他敢欺负人，就是再去天宫告状，我也不饶他了；即是打死他，也不碍事！"

李靖怒喝一声："大胆孽障！"

哪吒说："你若不信，等着瞧吧！赶明儿，我陪你同上天宫，看看那里的景致，才叫迷人哪！"

李靖虽说求仙未成，但玄中奥妙也略知一二。哪吒既能出入天界，就不是凡夫俗子；再说，他制服敖光的手段也非同寻常。不过，他毕竟是个才七岁的孩童呀！如今，哪吒闯下灭门绝户之祸，做父母的怎能不心急如焚，怎能不担惊受怕？李靖在前厅踱来踱去，心中十分烦恼，实在想不出有何妙计，以解这燃眉之急。

殷夫人拉着哪吒，悄悄退出前厅，来到后堂，问长问短，问饥问渴。哪吒依偎在母亲怀中，讲起他如何去见太乙真人，如何到了天宫，如何痛打敖光，敖光又如何逃跑。母亲听了，觉得好奇，嘱咐几句，叫哪吒日后不要乱跑，免得闯祸，招父亲生气。哪吒点头，欣然答应。母亲怕哪吒饿坏，催他快去吃饭。

哪吒走进厨房，顿觉热气扑面，大汗淋淋。乘母亲不在身边，哪吒悄悄溜出来，穿堂过廊，绕进花园里，攀上树杈，越墙而过。一路跳跳蹦蹦，不知不觉奔上陈塘关城楼。

哪吒汗流浃背，站在楼台，被风一吹，顿感浑身清爽，十分惬意。他真想回去禀告母亲，也到此凉爽一番。可又一想，若叫母亲知道，他独自跑来城楼，不免又被责怪。对，还是快快回去，免得母亲着急。哪吒心里这么想着，眼睛却东张西望，忽见兵器架上，放着一张乾坤弓，三支震天箭。他心里一动：师父说我降生人间，辅助明君，日后要做伐纣灭汤的先行官。既然如此，我如今不习弓马，更待何时？况且有现成弓箭，何不演习演习？哪吒心中十分欢喜，便一个箭步，到兵器架前，把乾坤弓拿在手中，取一支震天箭，张弓搭箭，面向西南方向一箭射去。"嗖"的一声，红光灿灿，彩云缭绕。哪吒愣了一会儿，突然跳着喊道："真好玩！真好玩！"

守城士兵闻声赶到，见哪吒手拿乾坤弓，不禁睁大眼睛，大为惊讶；又见少了一支震天箭，更为震惊，忙问哪吒："三公子，这一箭可是你射的？"

"正是。"哪吒点着头说，"还有两支，让我再射他一射！"

士兵一把拉住哪吒，大叫一声："哪吒！这是神弓神箭，你可动不得呀！"

哪吒嘻嘻一笑："你说动不得，我偏偏就动了动这神弓神箭，那又怎么样？"

士兵叹道："唉！这祸不小！若被李总兵知道，我小命难保。"

"一人做事一人当，这与你无干。别怕，你实话实说，天大的祸事我承当。"哪吒话语铿锵，士兵听了，心里一颗石头落了地。

当然，哪吒不曾知道，这乾坤弓，震天箭，原是镇陈塘关之宝。自从轩辕黄帝大破蚩尤，留传至今，这神弓神箭，除了李靖，并无人拿得起来。今日哪吒毫不费力，轻轻拿起来，射了一箭。正是：沿河撒下钩与线，从今钓出是非来。

这一箭非同小可，直射到骷髅山白骨洞。石矶娘娘的弟子碧云童儿，拎着花篮采药，来到山崖之下，被这一箭正中咽喉，翻身倒地而死。少时，彩云童儿来崖下，见碧云姐姐中箭身亡，便急忙报与石矶娘娘。石矶娘娘听说，走出洞来，到崖下看见碧云童儿，果然被箭射死。细细一看，见是一支震天箭，怒道："此箭在陈塘关，必是李靖所射。李靖，你仙道难成，我曾在你师父跟前，替你说情，着你下山，去到人间享受富贵荣华。如今，你位至公侯，不思报德，反恩将仇报，竟敢射死我的徒弟！"言罢，吩咐彩云童儿看守洞府，她要亲自去捉拿李靖，以报此恨。

石矶娘娘乘上青鸾，带着黄巾力士，离开骷髅山，只见金霞荡荡，彩雾霏霏，不多时便到了陈塘关。石矶娘娘在半空中高喊："李靖出来见我！"

话说李靖异常烦恼，正在府里徘徊，忽听有人喊叫，慌忙走出帅府，只见石矶娘娘下了青鸾，站在门前，怒目而视。李靖不知娘娘为何而来，换副笑脸，迎上前去，连连拱手作揖。

石矶娘娘冷笑两声："李靖，你干的好事！"说着，抛出八卦龙须帕，一下罩住李靖，命黄巾力士将李靖拿回洞府。

黄巾力士应声而上，七手八脚，捆绑住李靖。李靖惊慌失措，不明不白，便大喊大叫，拼命挣脱。殷氏夫人闻声跑出，见将军被缚，连哭带叫，一头扑来，死死抱住李靖不放。

石矶娘娘已乘上青鸾，飞到空中，向府前喷出一团白雾，黄巾力士架着李靖，腾空而去。在烟雾弥漫中，殷夫人神情恍惚，张开两臂，仰天呼叫："老爷！官人！……"

李靖被带回白骨洞，跪伏在娘娘面前。石矶娘娘拿出震天箭，喝道："大胆李靖！你为何射死我的碧云童儿？"

李靖不敢抬头，闻听此言，犹如晴天霹雳，在心中炸响。他呆呆地愣了半晌，才轻声细语道："娘娘息怒！射死碧云之事，与弟子有何相干？不要凭空冤枉人！"

石矶娘娘见李靖不肯认账，越发气恼，把手一扬，"当"的一声，震天箭落在李靖眼前，接着又怒喝一声："李靖！你恩将仇报，射死我的童儿，难道还想抵赖吗？"

李靖一惊，拾起箭来一看，这震天箭翎花下，有一行金字，刻的正是自己的名号。不看则罢，这一看，李靖不寒而栗，浑身直冒冷汗。心想：这乾坤弓，震天箭，乃轩辕黄帝传留，在陈塘关上，至今还无人拿得起来。怪哉，怪哉！莫非祸从天降，该我李靖倒霉？再说，我今日心绪忧烦，在厅堂徘徊不定，并不曾到过城楼，难道这神箭会不翼而飞？娘娘啊，你不分青红皂白，便一口咬定我射死碧云童儿，实在是天大的冤枉！想到此，李靖本想理直气壮，与娘娘争个水落石出。但是，再一看这震天箭，李靖一阵心酸，落下两行热泪，又惶惶然难以启齿。眼下，娘娘既然证据在握，天大冤情也难辩明。李靖左思右想，别无良策，只得实话实说，免遭不白之冤。并再三乞求娘娘，请她宽限两日，放他回去细细查明，一旦拿到射箭之人，当立即送交娘娘亲手处置。倘若寻查不到射箭之人，李靖心甘情愿，代人之过；即使死罪，也死而无憾。

石矶娘娘盯着李靖，听他张口喊冤，闭口叫屈，口口声声洗刷自己，好像此事与他无干。娘娘说恼也真恼，说气也真气，但转念一想，李靖素常为人忠厚，行事谨慎，谅他不敢斗胆包天，干出这等伤天害理之事。何况，两人往日也算熟知，又无怨无恨，料他不会暗箭伤人。可是，千真万确，分明是李靖的震天箭，射死了碧云童儿。证据确凿，铁案如山，岂能抵赖狡辩？难道说，我石矶娘娘平日将谁得罪，如今来报仇雪恨，反过来再嫁祸于人？唉，这真是明枪易躲，暗箭难防！眼前，你李靖鸣冤叫屈，不肯招认，罢，罢，罢！看在老相识的分上，且放李靖速回陈塘关，寻拿射箭之人，免得叫他死得不明不白。

石矶娘娘思前虑后，想了一遍，便大声喝道："李靖！我先饶你不死，快回关去，待拿到射箭之人，再见分晓。"说罢，命黄巾力士放开李靖。

李靖惊魂未定，颤颤巍巍，深深拜了几拜。然后，带着震天箭走出洞府，驾起云雾，荡荡悠悠，飘回陈塘关。

李靖怏怏然上了城楼。但见兵器架上，果然少了一箭。他四下一望，不见守卫士兵，心中恼怒，大喊一声："来人哪！"

士兵闻声跑来，一见总兵，慌里慌张，扑通跪倒，讷讷地说："老爷，大事不好！方才转眼之间，一支神箭不翼而飞。我到城上城下，城里城外，寻遍四方，也没有寻到。小的自知祸事不小，有口难言，还是请老爷赐我一死……"

李靖将手中震天箭放回原处，回过头来怒视士兵，吼道："死倒不难！拿不到射箭之人，连我老命也难保住。你快说，这一箭是何人所射？"

那士兵摇摇头，声音颤抖："老爷，小的瞎眼，并不曾见到。"

李靖大发雷霆，道："你玩忽职守，酿成大祸！若不说出射箭之人，便拿你问罪。"言罢，大喊一声："来人哪！"

刹那间，有几个武士，从箭楼飞奔而来。李靖下令，将那守城士兵捆绑起来，听候发落。

再说哪吒，在城楼射出一支神箭，觉得十分好玩，哪里会想到闯下祸端。他想：弯弓射箭并不难，刀枪剑戟诸般武艺，可得要真功夫。那金吒、木吒二位兄长，倒有几招绝技，自己何不向他俩讨教一番。想到此，哪吒学艺心切，急忙跑回帅府，找到金吒、木吒，要拜二位兄长为师。

金、木二吒一齐笑道："三弟有心学艺，如此最好，免得四处乱跑，招惹是非。常言道，艺不压身，三弟若练出一身绝技，日后必有用武之地。"

哪吒一听，心花怒放，道："二位哥哥的话，说到我心里去了。从今以后，我要认认真真地学，你们可得认认真真地教，千万别藏着掖着，对我留一手！"

金、木二吒哈哈一笑："哪能呢！"说着，拿了刀剑，拉上哪吒，来到后花园树林里，演习武艺。

烈日炎炎，熏风荡荡，万道金光，透过枝枝叶叶，在林间洒下斑斑光点。

兄弟三人，飞刀舞剑，腾挪闪跃，一招一式，一丝不苟。哪吒生来聪明伶俐，一遍下来，就把二位哥哥的绝招学到了手。金、木二吒浑身湿透，又热又累，找个阴凉，躺下歇息。

哪吒兴致正浓，手持双刀，逼近金、木二吒，叫道："二位哥哥，敢与我较量吗？"

金、木二吒相视一笑，蓦地站起，各执双剑，来战哪吒。

兄弟三人刀对剑，剑碰刀，叮叮当当，当当叮叮，火星迸射，灿灿生辉。哪吒越战越勇，把二位兄长杀得只有招架之功，而无还手之力。

这时，殷氏夫人正独坐后堂，泪水盈盈，暗自啜泣。忽见李靖面带愁容，悻悻归来，又惊又喜，连忙起身，扑在李靖肩头，放声痛哭。

李靖心里委屈，不禁落下两行泪珠。过了半晌，才将被石矶娘娘捉走的缘由，细细讲了一遍。

夫人听罢，哽咽着劝慰道："老爷，既为此事，也不必惊慌。待寻到祸首，老爷自然会清白无瑕。"

李靖长吁短叹道："真是怪事一桩！这么重的弓箭，谁能拿得动呢？"

殷夫人擦着眼泪，献出一计："老爷！你何不召集三军将士，让他们一个一个试过，总会找出那闯祸之人。"

李靖击掌叹道："夫人言之有理！不过，正人先正己，还是先从自家查起吧！"说罢，走出后堂，来到后花园，见三位公子正拼命厮杀，便大喝一声："住手！你们都跟我来一下！"

兄弟三人不敢怠慢，收了刀剑，大眼瞪小眼，不知父亲为何动怒。可又不敢探问，只得随父亲出了府门，直奔城楼。殷夫人放心不下，也随后赶来。到了城楼上，李靖板起面孔，指指兵器架，说道："这弓箭自古留传至今，尚无一人拿得动它。今日，父亲要试一试你们的气力，看谁力大过人，以便为父对你们的本事心中有数。"

话音一落，金、木二吒抢先跑上。那乾坤弓死沉死沉，二人合力搬了半天，竟纹丝不动。

哪吒在旁看着，只是嗤嗤地笑，也不作声。李靖回头呵斥一声："不自量力！"

哪吒止住笑，一本正经地说："父亲！这有啥了不得？连这张弓都拿不动，还算啥英雄汉！实话实说，我背着你们大伙儿，还射了一箭呢！"说罢，跑过去，左手提弓，右手取箭，就要拉弓劲射。

李靖惊骇万分，上前劈手拦住，怒斥道："哪吒！你说实话，你真的射过一箭？"

哪吒以为自己气力超人，吓呆了父亲，两只大眼睛忽闪忽闪，望着李靖，扬扬得意，一拍胸脯，说："一人做事一人当，射一支算啥能耐！不过，我一箭射出去，天上红光闪闪，彩雾纷飞，煞是好看！可惜，把一支好箭射得无影无踪了。"说完，轻轻叹了口气。

李靖勃然大怒，一脚踹倒哪吒，骂道："你这孽障！又给我闯下大祸！"

殷夫人一听哪吒又闯下大祸，顿时头晕目眩，昏倒在地。哪吒跃身扑来，连声呼喊："母亲醒来！母亲醒来……"

第三章

斗妖降龙

那一日，哪吒在城楼上射了一箭，只见红光缭绕，瑞彩盘旋，将一支震天箭射得无影无踪。此刻，在父亲和金吒、木吒面前，他张弓搭箭，要再射一箭，心里好不快活。哪吒正暗自高兴，忽听李靖怒喝一声："你这孽障！前者，你打死三太子，敖光不依不饶，非要你偿命不可；如今，你这一箭，又给我闯下大祸！"

　　殷夫人转醒过来，一把拉住哪吒的胳膊，狠狠地摇晃两下，问："我儿，这是怎么回事？"

　　金吒、木吒一听哪吒又闯了大祸，生怕连累到自己身上，互相使了个眼色，悄悄溜走了。

　　哪吒一下愣住了，两只眼睛直直地盯着李靖问："父亲，孩儿不曾出关，怎么又闯下祸啦？"

李靖捶胸顿足，满面怒色，道：“你这一箭，飞到骷髅山，射死了石矶娘娘的徒弟。娘娘拾得震天箭，见箭上有我名号，方才将我捉去，要我抵偿性命。待我说明情由，才放我回来，寻访射箭之人。可我万没想到，原来却是你！好好好，一人做事一人当，你有何话说，快去见过石矶娘娘！”

哪吒一听，仰脸一笑，毫不介意地说：“什么石矶娘娘？父亲千万别上她的当！我在陈塘关，她居骷髅山，相隔十万八千里，我射一支箭，怎么会偏偏射到她徒弟身上？这是没影的事，分明是诬赖好人，别听那妖婆胡说八道。”

李靖越发气恼，摇头叹道：“你这孽障！连连闯祸，闹得合家不安。我这做父亲的，拿你实在没有办法。你有本事，跟我走一遭，去见石矶娘娘，有话当面说。”

哪吒噘着嘴说：“去就去，有啥了不得！石矶娘娘算老几？她想陷害人，可我也不是好惹的！”说罢，拜别母亲，随父亲离开城楼，出了府门，二人腾云驾雾，径往骷髅山而去。

父子二人在骷髅山顶，落下云端，走到白骨洞前，李靖吩咐哪吒恭立一旁，等候召唤，他先进洞报信。

李靖走进洞府，拜见了石矶娘娘。

石矶娘娘头戴鱼尾金冠，身披大红八卦衣，余怒未消，手提太阿剑，逼问李靖："射箭之人可曾查到？是何人将碧云童儿射死？"

李靖不敢隐瞒，只得实话实说："我家不肖之子哪吒，跑到陈塘关城楼上，偷偷射出一箭，不幸误伤了碧云童儿性命。弟子不敢违命，已将哪吒送来，现在洞府之外，听候法旨。"

石矶娘娘一听，方知是李靖的儿子哪吒射的箭，不免吃了一惊，心想：那乾坤弓，震天箭，乃镇陈塘关之宝，自从轩辕黄帝大破蚩尤之时留传至今，除了李靖之外并无一人拿得起来。那哪吒小小年纪，如何竟有这般神力？又为何与我为敌？这其中必有缘故。想到此，唤来彩云童儿，命她去将哪吒领进洞府，要当面问个明白。彩云童儿应了一声，迈开金莲，扭动腰肢，带着一阵清风，走出洞来。

哪吒站在洞前，四下观望，只见满山遍野，骷髅堆积，蝼蚁密集，黑鸦成群。哪吒见此惨景，心想：这石矶娘娘一定是个害人精，要不然，哪儿来这么多骷髅呀？如今来到女妖魔窟，必是凶多吉少，千万得留点神，可别中了妖婆的圈套。哪吒正思索间，彩云童儿姗姗走来。哪吒错把她当成石矶娘娘了，顿时警觉起来。

彩云童儿到了洞口，先朝哪吒拜了拜，接着微微一笑。哪吒寻思，这女子笑盈盈的，会不会是笑里藏刀，冷不防要捅我一刀呢？再说，我在陈塘关城楼射箭，怎能射死她的弟子？一定是陷害，她是先下的手。对，你是先下手为强，我是好汉不吃眼前亏。咱们来个刀对刀，枪对枪，针尖对麦芒。哪吒立刻摘下乾坤圈，一个箭步冲上去，"嘭"的一声，一圈打在彩云脖颈上，只听哎呀一声惨叫，彩云扑通跌倒在地，现出原形，竟是一只母狼，在地上翻来覆去，辗转呻吟，挣扎了一番，就断了气。

听到洞外一声惨叫，石矶娘娘料知事情不妙，急忙提上太阿剑走出洞来。李靖不知出了什么事，也随后跟来。

石矶娘娘见彩云童儿死在血泊之中，又见哪吒两眼圆睁，站在一旁。石矶娘娘立时大怒，骂道："小孽障！适才射死碧云童儿，这又杀了彩云童儿，我要你一人抵偿二人性命！"说着，举起宝剑要劈哪吒。

"呀！原来你是石矶娘娘！"哪吒大叫一声，猛一闪身，躲开宝剑。石矶娘娘又一剑劈来，哪吒抢起乾坤圈，上前一挡，那剑嗖的一下，砍在乾坤圈上，"当"的一声，溅起一簇火星。哪吒收回乾坤圈，后退几步，向石矶娘娘猛然砸来。石矶娘娘手疾眼快，一把接住乾坤圈。哪吒见她果真厉害，又随手抛出混天绫来裹她。石矶娘娘把红八卦袍袖往起一撩，那飘飘荡荡的混天绫，徐徐落入她的衣袖。石矶娘娘知道这两件宝物都是太乙真人的，如今落在哪吒手里，其中奥妙不言自明。她见哪吒手中的法宝都用光了，就冷笑了几声，说："哪吒，再把你师父的宝贝用几件来，看我的道术怎样？"

哪吒已经两手空空，无法对付石矶娘娘，干瞪着两眼，无可奈何。这可怎么办呀？对，何不去找师父救助，请他降住石矶娘娘。他主意已定，狠狠瞪了石矶娘娘一眼，便转身逃跑，飞云驰电，直奔乾元山。

石矶娘娘眼见哪吒逃走，便回头说道："李靖，此事与你无干，你回关去吧。"李靖拜谢而回。

石矶娘娘驾起青鸾，去追赶哪吒。

哪吒到了乾元山，慌忙走进金光洞，见太乙真人坐在碧游床上，手执拂尘，闭目养神。哪吒走上前去，跪倒一拜，叫声："师父！"

太乙真人睁眼一看，见是哪吒，便问："你为何这等惊慌？"

哪吒回答："石矶娘娘赖弟子射死她的徒弟，要我抵偿性命，我打她不过，她把师父的乾坤圈、混天绫都收走了。如今又追来杀我，请师父快快救命！"

太乙真人下了碧游床，仔细问过哪吒，如何误伤两个童儿的性命。随后，面带怒色，训斥道："你这孽障！一波未平，一波又起。那石矶娘娘噬人成性，作恶多端，怎敢将她招惹？事到如今，你快躲到蟠桃园里，等石矶娘娘找上门来，我自有办法对付。"

哪吒遵命，躲到蟠桃园里去了。

太乙真人手执拂尘，飘飘洒洒，踱出洞来。

这时，石矶娘娘正好赶来。她满面怒色，朝太乙真人打个稽首，说："道兄，你的弟子哪吒，仗着你的道术，先是射死我的碧云童儿，后又打死我的彩云童儿，还用乾坤圈、混天绫来伤我。你快把哪吒交出来，让他抵偿性命。若是道兄庇护这个小孽障，只恐明珠弹雀，反为不美！"

太乙真人捋捋银须，呵呵笑道："哪吒在我洞里，要他出来不难。不过，你得先到玉虚宫，问一问我的掌教老师，看他答不答应？哪吒本是奉元始掌教的符命降生人世，辅佐明君。况且，哪吒并非有意伤害你家弟子，岂能以此过失，而葬送了他的前程？"

石矶娘娘大怒，冷笑一声："道兄，你休要搬出元始掌教来压人！既然你庇护哪吒，那就别怪我剑下无情！"
说罢，提起宝剑，朝太乙真人劈面砍来。

说时迟，那时快，太乙真人一把抽出仙剑，迎面架
住。二人往来冲突，刀光剑影，熠熠生辉。石矶娘娘虚
晃一剑，一个鹞子翻身，扑将过来，直向太乙真人拦腰砍
来。太乙真人不慌不忙，镇静自若，轻轻一拨，便将石矶
娘娘的宝剑挑出数丈之外，咔嚓一声，顿时断成两截。

石矶娘娘慌了神，急忙拿出八卦龙须帕，抛在空中，
来罩太乙真人。

太乙真人口中念念有词，将拂尘在空中一扫，说声：
"此物不落，更待何时？"那八卦帕便飘飘悠悠，正落入太
乙真人手中。

石矶娘娘拿不住太乙真人，心中惊慌，也念动咒语，
说声"变！"，腾起一团白气，立时化作一只丹顶仙鹤飞
去。哪知太乙真人早有防备，随手将九龙神火罩抛到空
中，不偏不斜，正巧罩住仙鹤。

神火罩落在地上，仙鹤在里面张开翅膀，乱扑乱撞。
这时，太乙真人唤金霞童儿叫来哪吒。哪吒跑来一看，神
火罩里有只仙鹤，觉得十分好奇，就伸手去掀盖罩。

太乙真人大喝一声："哪吒！别动！"随即双手一拍，

口喷红光，只见罩内火光闪耀，九条火龙腾起烈焰，不多时，忽听一声轰鸣，仙鹤顷刻化为乌有。今日在太乙真人手里，石矶娘娘终于现出本相，乃是一块顽石。原来石矶采天地精气，受日月精华，得道数千年，但因滥杀无辜，故尚未成正果。

哪吒把顽石拿在手上，翻来覆去地拍打几下，冲师父笑道："师父，早知道石矶娘娘是块顽石，我呀，才不躲到蟠桃园里去哩！"

太乙真人哈哈大笑，道："哪吒，这神火罩也是一宝，你带回陈塘关去吧。"说罢，收回神火罩，赠予哪吒。又拿来乾坤圈、混天绫，给哪吒披戴整齐。

哪吒得到神火罩，喜不自禁，高兴地说："您要早些送我这宝贝，还愁制服不了石矶娘娘，何必再来惊动师父？"

太乙真人又是哈哈一笑，道："你这孽障，做事不知深浅。飞射神箭，误伤人命，照理应当问罪。可你奉的是元始掌教的符命降生出世，惩治人间妖孽，日后将辅佐姜子牙，充当兴周灭汤的先行官，故此，我奉老师之命，将你保护。从此之后，一人做事一人当，不可连累父母兄弟。"

哪吒凝神默想，将师父的话语仔细琢磨一番。他突然眼睛一亮，扑到师父跟前，叩拜道："您的教诲，我铭记在心。不过，请您答应我一件事。"

"好，你快说！师父有求必应。"太乙真人爽快地说。

哪吒抬起头来，望着师父慈祥的笑脸，说："我想留在您身边，待练熟十八般武艺，再回陈塘关。师父，您答应吗？"

太乙真人沉思片刻，才缓缓说道："你从骷髅山而来，父母不知你是死是活，想必焦急万分。你须速速回家，报知父母，请他们放心才是。"

哪吒大失所望，站起身来，请求师父多多送他几样宝贝，并说："要是敖光再不依不饶，我就用法宝治他。"

太乙真人一把拉住哪吒，笑道："混天绫、乾坤圈、神火罩，这三件宝贝，眼下够你使用的。"言罢，附耳低语，暗授秘诀。

哪吒两眼一闪一闪，高兴得一蹦三跳，即向师父行礼拜别，念了咒语，驾起云头，向陈塘关飘然飞去。

回到陈塘关，哪吒站立云端，四下张望，只见东西南北四座城门前，黑压压的一片，挤满了人；那哭声、喊声、骂声、笑声，响彻云霄。哪吒好生奇怪：这是怎么回事呢？

　　哪吒急急忙忙跳下云头，跑到东关，见一位老人，衣衫褴褛，面容憔悴，满脸核桃般的皱纹里，刻下岁月的千辛万苦。哪吒看他潸然泪下，哭得十分伤心，便上前问道："老爷爷，你干吗这么难过呀？"

　　这位被人称作老孙头的长者，看哪吒是个孩童，把脸一扭，爱理不理地说："都怪李总兵的三公子哪吒，误伤了龙王老爷儿子的性命。龙王盛怒之下，下令大旱三年，不给城东一带降雨。俺们刚刚栽下的秧苗，一片一片，翠绿翠绿，眼瞅着都快枯死啦！老天爷，这不是掐俺们的脖子，要俺们的命吗？"

　　哪吒听了，忍不住心头怒火，骂了声："这老泥鳅，真坏！真坏！"

　　老孙头愣了愣，眯眼问道："你是哪家顽童？"

　　"我就是李总兵的三公子——哪吒。"哪吒说罢，转身跑去。

　　哪吒来到城关南门，见一个年轻人正挥动拳头，怒火冲天，指名道姓，连喊带骂。哪吒问了声："这位大哥，你干吗发这么大的火呀？"

　　年轻人回头看了一眼，见是个小孩问话，就气呼呼地说："龙王老爷真可恨，三太子被人误伤性命，他斗不过人家，便拿俺们百姓出气！他一声令下，接二连三地往俺们城南一带降下斗大冰雹，把好端端的庄稼都给砸毁了！天哪，这可叫俺们怎么活呀！"

哪吒听了，心中怒火万丈，狠狠骂道："这老泥鳅，坏透了！坏透了！"

年轻人一怔，忙问："你这小弟弟，姓甚名谁，家住何方？"

哪吒答道："我叫哪吒，家在城里，打死龙王三太子的就是我呀！"

年轻人顿时惊愕，正要搭话，见哪吒已飞身跑走。

哪吒赶到城关西门，见一个白发老阿婆，一边抹着眼泪，一边指天骂地。哪吒走过去问："老奶奶，谁招您惹您啦？"

老婆婆见哪吒年岁不大，却很懂事，就伸出枯藤似的手，比比画画，颤颤巍巍地诉说道："孩子，你可不知道，有人造孽啦！不知道是谁，胆大包天，将龙王的儿子活活打死，听说还抽了龙筋呢！你想想，龙王是玉皇大帝派下来的神啊，风风雨雨，天阴天晴，都归他掌管。这下可恼怒了他，他一声令下，云雾弥漫，阴阴沉沉，几天不见一丝阳光，俺们才上场的粮食，都快发霉烂掉了。你说急人不急人？啊哟哟，这可是罪孽呀！"话音一落，又哭天抹泪，骂个不停。

哪吒听了，如万箭钻心，两眼喷火，大声骂道："这老泥鳅，坏极了！坏极了！"

老阿婆只顾吞声饮泣，暗弹珠泪，正要把哪吒再看上一眼，就不见哪吒的踪影了。

哪吒又跑到城关北门，见一群少男少女，蹦蹦跳跳，唱唱笑笑，拍着巴掌，手舞足蹈，唱道：

"龙王爷，心眼坏，不下雨，真不该！苗儿苗儿没水喝，爹娘眼泪流成海……"

哪吒凑上前来，侧耳细听，那童声歌谣阵阵传来：

"龙王爷，心眼坏，下冰雹，真不该！庄稼庄稼遭灾殃，兄弟姐妹伤心怀……"

哪吒边听边想，不禁心如刀绞，泪如泉涌。那群少男少女，兴致勃勃，只顾跳跳唱唱，怎会留意哪吒独自黯然神伤，又一股劲儿地接着唱道：

"陈塘关，小哪吒，天不怕，地不怕！打死龙王三太子，又把敖光鳞甲扒……"

听到这里，哪吒冲过来，大喊一声："别唱啦！都怨我闯了大祸！"

这些少男少女，不认得哪吒，便七嘴八舌，叽叽喳喳地问道："呀，你就是哪吒？！"

"正是。"哪吒含泪点头道，"都怪我鲁莽，一时气恼，误伤了敖丙性命。我后悔不及，向龙王赔礼认错，可他非要我抵偿性命不可。我忍无可忍，追到天宫，将龙王痛揍一番，又揭下鳞甲，他才变得老实起来。他口口声声答应，保证往后再不作恶。不料，这老泥鳅口是心非，说话不算数，竟横下心来与父老乡亲作对。今天我哪吒也决心已下，不除此害，誓不罢休！"说罢，便纵身一跳，跃上城楼。

少男少女，个个惊得呆呆的，把赞佩的目光，一齐投向巍峨的城楼，不约而同地喊道："哪吒！哪吒！"

哪吒转过身来，泪水盈盈，向大家摆了摆手，随后飘然飞去。

少男少女欢呼着，叫喊着，又蹦蹦跳跳地唱道：

"小哪吒，小哪吒，天不怕，地不怕！跟咱百姓一条心，真是一朵太阳花……"

且说哪吒一进府门，只见院里闹闹哄哄，乱成一团。原来，龙王敖光，搬来敖顺、敖吉、敖明三位龙兄龙弟，又带领一班天兵天将，打进帅府，七手八脚，将李靖夫妇五花大绑捆住。哪吒见此情景，又急又气，又恼又恨，一腔怒火，双目圆睁，连喊带叫，跃身扑上，一把揪住敖光的胳膊，大喝一声："老泥鳅！快快放开我双亲大人！一人做事一人当。要抵命有我呢，与我父母毫不相干！"

敖光领着龙兄龙弟与天兵天将，本是来捉拿哪吒的，只因一时寻觅不到，便捆了李靖夫妇来抵命。这时见哪吒自投罗网，情愿以命抵命，岂不更好？敖光想了想，狡黠地笑了笑，道："好孽障！既然如此，你先偿还我儿性命，我再饶过你家父母。"

哪吒心里暗暗骂道："老泥鳅，真狡猾！就是我死了，也不能饶了你。"于是，他当众说道："老泥鳅，听着！要我死，也不难，可你得答应我一件事。"

敖光眼珠一瞪，叫道："说！"

"你随我走一趟，我让你下雨，你就下雨；我叫你刮风，你就刮风。"

敖光一听，哈哈一笑。他想：这般区区小事，不费吹灰之力。只要哪吒肯抵命，别的事情都好商量。敖光吩咐天兵天将看好李靖夫妇，随后看了哪吒一眼，爽快地说："好好好，这回就依了你吧。"

哪吒带着敖光出了府门，先来到城关西门。这里云雾笼罩，天昏地暗。那个老阿婆坐在地上，一把鼻涕一把泪，哭得死去活来。哪吒推了敖光一把，用手一指，说："你快下令刮阵清风，把老奶奶家那边的云雾驱赶跑，别让粮食霉掉烂掉！"

敖光皱了皱眉，摇了摇头。哪吒见他不肯照办，就掏出神火罩，往敖光头上一罩。接着，默念秘诀，随即喷出一道红光，冲入罩里。敖光被烧，浑身冒烟，滚在地上，乱喊乱叫。哪吒拍手笑道："老泥鳅，若不答应，就烧死你！"

敖光真没想到哪吒竟有这般法宝。他唯恐被活活烧死，就连忙叫道："哪吒，哪吒！我依你，我依你！"

哪吒收回神火罩，见敖光烧掉一绺龙须，他笑个不停。敖光无奈，从地上爬起来，脸朝西方，喷出一道白光。霎时，云消雾散，丽日生辉。

哪吒高兴地搀起老阿婆，笑说："老奶奶，天晴啦！您快回家晒粮食去吧。"

老阿婆眯眼瞅了瞅哪吒，又瞅了瞅天，果见晴空朗朗，便转忧为喜，连连道了谢，随众人回家去了。

哪吒拉上敖光，来到城关南门。这里冰雹覆盖，地冻三尺，哪吒命令敖光快融化冰雹。敖光犹犹豫豫，摇头晃脑。哪吒又掏出神火罩，对准敖光。敖光害怕，急忙喷出一道黑光。顷刻间，冰雹消融，大地复苏，一派生机勃勃。

哪吒异常兴奋，对愁眉不展的年轻人说："解冻了，快回去拾掇庄稼吧。"

年轻人如梦方醒，拍拍哪吒的肩膀说："谢谢你，好兄弟！"说完，招呼父老乡亲，一溜烟跑走了。

到了城关东门，还没等哪吒说话，敖光就脸朝东，喷出一道绿光。刹那间，电闪雷鸣，天降甘霖。那个嗓子哭得干哑的老孙头，仰着布满核桃般皱纹的脸，痛痛快快地喝起雨水来。翠绿的秧苗，摇摇摆摆，带着大地的深情，仿佛在向哪吒致敬。

最后，哪吒领着敖光进了北关。那群少男少女还在边跳边笑，边歌边舞，无忧无虑，尽情唱道：

"小哪吒，小哪吒，本领高，志气大，替咱百姓降恶龙，真是一朵神仙花……"

敖光听了，咬牙切齿，火冒三丈。二人回到帅府，敖光就将哪吒按倒在地，拔出宝剑，便要砍杀。

哪吒一把抓住剑柄，说："老泥鳅，快滚开！休要玷污了我的身体。"说着，将那块顽石交与金吒，并说："这便是石矶娘娘的真形。"

李靖被牢牢捆缚，不便靠近，远远望见那块顽石，才知石矶娘娘落此下场，实感意外，不禁长叹一声。

敖光抽回宝剑，又要劈杀哪吒。哪吒一闪，敖光扑空，一个趔趄，栽倒在地。

哪吒一把夺过宝剑，朗朗说道："一人做事一人当，我哪吒人小志大，说话算数。"说罢，先自剖其腹，后剜肠剔骨，将肉体还给父母。从此，与双亲一刀两断，再无牵连。

四海龙王，天兵天将，见此情景，都惊骇万分，目瞪口呆。

殷氏夫人哭天号地，金吒、木吒抱头啜泣，不断呼唤着："哪吒！哪吒！"

关内关外，天上地下，男女老少，父老乡亲，都在呼唤着："哪吒！哪吒！哪吒！……"

第四章

威震龙宫

殷氏夫人哭哭啼啼，悲痛欲绝。

李靖命家丁将哪吒尸骸用棺木盛了埋葬。

哪吒原是领了元始掌教的符命，降生于人间，故有三魂七魄。这时，哪吒肉体虽灭，但他的魂魄杳杳冥冥，飘飘荡荡，径往乾元山而来。

太乙真人手执拂尘，端坐在碧游床上，正闭目养神。忽听金霞童儿进洞来报："哪吒魂魄随风飘来，不知何故。"

太乙真人听说，早解其意，忙出洞来，与哪吒搭话。

哪吒声音呜咽，跪诉真情。哪吒禀告师父，他已把骨肉还于父母，从此不再牵连双亲，千难万险，一人承担。太乙真人听罢，顿生爱怜之情。于是，领着哪吒的魂魄来到五莲池。

池畔四周，垂柳依依，池中荷莲，映日生辉。

太乙真人吩咐金霞童儿，从池中采来三张荷叶，二枝荷花，放在地上。真人勒下荷花瓣儿，铺成孩童形体，又将荷花梗折成三百骨节，各按各的位置摆好；再将三张荷叶，按上中下位置放定。然后，取出一粒金丹放在当中，默念咒语，口吐金光，接着将哪吒的魂魄往莲花、荷叶上一推，喝声："哪吒不成人形，更待何时！"

话音刚落，只听哗啦啦一阵响动，忽地跳起一个人来，面皮白净，脸蛋粉红，身长一丈六尺，此乃哪吒莲花化身。

哪吒现了真形，急忙跪倒在地："师父，我与那敖光有不共戴天之仇，今日不报，决难干休！"

太乙真人微微点头，带哪吒来到蟠桃园里，取出火尖枪，传授武艺。哪吒聪敏灵巧，一点就通。不多时，枪法精熟，要下山报仇。太乙真人说："你别性急，我还要赐你脚踏风火轮，另授灵符秘诀。"哪吒急不可耐，恨不得将师父的法术一下子学到手。

太乙真人将七尺混天绫给哪吒披挂在胸背上，又将乾坤圈交到他手中。接着，又拿出几样法宝，什么神火罩啦，金砖啦，七宝金莲啦，遁龙桩啦，通通装进豹皮囊，然后交给哪吒，并将法术秘诀一一嘱告。

哪吒踏上风火轮，满心欢喜，拜别师父，口念咒语，腾空而去。

哪吒行至半路，转念一想，师父所授法术秘诀，竟有八九七十二变，不知是真是假，我何不背着师父一试？于是，他收住云头，落在山坳泉边。朝四下一望，并无人迹，便面对清泉，念动师父传授的变化三头六臂的口诀。真是仙术灵验，转眼间，哪吒果然又生出两个脑袋，四只胳膊，望着水里的倒影，三头六臂，五马长枪，煞是神奇。他暗自庆幸，有了这般法术，别说一个敖光，就是十个、百个，也不在话下。再一想，师父有言在先，不到万不得已时，不能随心所欲变来变去。师父训令，不可违背。于是，哪吒默念收法秘诀，立即恢复了原来的模样。他踏上风火轮，手执火尖枪，雄赳赳，气昂昂，驾上云头回到陈塘关。

到了关前，他站在云端朝下一看，发现帅府大门紧闭，悄然无声，不见一个人影。哪吒顿感心慌意乱，心想：莫非父母真的被龙王敖光抓走了？

哪吒急忙跳下云头，走到府前，敲起门来。

金吒、木吒开门一看，见是哪吒，吓得哎呀一声，抱头跑回后堂。

殷夫人见兄弟二人慌慌张张，又惊又怕，忙问："我儿，如此慌张，是何道理？"

金吒惊呆呆地说："母亲，你快躲一躲吧！"

木吒慌着神说："母亲，不好啦！哪吒又活了！"

殷夫人大吃一惊，怪嗔道："瞎说八道！人死如灯灭，岂能再复活？"

兄弟二人眼睛瞪得溜溜圆，张大嘴巴说："哪吒真的活了，不信您看看去！"

殷夫人疑惑，从后堂款款走来。哪吒风风火火跑进来，差点撞到母亲怀里。殷夫人吓了一跳，定睛一看，果真是哪吒！哪吒见母亲诚惶诚恐的神色，拉住她的手，连声叫道："母亲！母亲！孩儿是哪吒呀！"

殷夫人如梦方醒，一把搂住哪吒，又惊又喜道："我儿，你真的活啦？"

哪吒推开母亲，说："是啊，我到了乾元山金光洞，师父太乙真人搭救了我的性命。我今日回来，要找敖光报仇雪恨！"

殷夫人泪水盈盈，说："敖光那老贼，言而无信，本来说定，只拿孩儿偿还性命，便完事大吉。不料他翻手为云，覆手为雨，带着虾兵蟹将，把你爹爹捆绑到天宫问罪去了。"

哪吒一听，气炸心肺。暗暗骂道："你这个老泥鳅，又奸又滑，说话还不如放屁呢！瞧着吧，这次拿住你，不要你老命才怪呢！"哪吒一边安慰母亲，一边叮嘱二位哥哥，让他俩好生照顾母亲。金吒和木吒见哪吒比原来稳当懂事了，自然欣喜万分，可心里老犯嘀咕：弟弟怎么起死回生啦？这真是个古怪的谜啊！

哪吒告别母亲和哥哥，出了府门，驾起云头，直奔天宫去了。

上了天界，哪吒落下云端，脚蹬风火轮，奔向灵霄殿。

灵霄宝殿，朱门彩柱，曲道回廊，三檐四簇，玲珑剔透。坛台上桂花飘香，半空中玉兔飞奔。哪吒走到殿前，真想射下一只玉兔，带回去送给金吒、木吒二位哥哥。可又一想：不行，我重任在身，休要招惹是非。他顾不得观赏奇异景色，一直向华丽的宫殿走去。

宝殿两旁，排列着天兵天将，个个金盔铠甲，持枪佩剑，横眉立目，威风凛凛。哪吒停了风火轮，左右观望，心想：我将来当了讨伐纣王的先行官，比你们威武十倍！

哪吒左顾右盼，踏上汉白玉石阶，忽见班中闪出一将，持剑阻拦道："此乃金銮宝殿，闲人休得入内。"

哪吒笑了笑，一本正经地说："我是无事不登三宝殿，快放我进去，有要事面见玉帝。"

将官一惊，扬起利剑，喝道："你小小年纪，竟这般狂妄！若不速速闪开，叫你一命呜呼！"

哪吒朗朗笑道："你这蠢货，真不近情理。这人命关天大事，难道不该奏报玉帝？"

将官一怔，收起宝剑，怒视哪吒，问他："有何冤屈？"

哪吒轻蔑地一笑，说："跟你说了也白搭，还是快让我去见那玉帝吧。"

将官说："你这顽童，休得放肆。玉帝陛下正设朝断案，哪有闲工夫见你？"

哪吒闻听此言，心里"咯噔"一下，明白了八九成，就问："玉帝断的啥案呀？是不是拿东海龙王问罪？"

将官见哪吒缠住不放，就说："龙王的三太子被人打死，龙王捉来凶手，奏请玉帝严加惩处。方才，陛下传旨，命人将凶犯押解龙宫囚禁，从此再无出头之日。"

哪吒一听，又急又气，又恼又怒，连声高喊："冤枉！冤枉！"

将官慌忙推他一把："休得喊叫，快快滚开！若被陛下听见，料你小命难保。"

哪吒喊得越发响亮："我说冤枉，就是冤枉。打死龙王三太子的不是别人，就是我呀！一人做事一人当，快放我进去，我要跟玉帝当面讲个明白，可别冤枉了好人哪！"

将官十分惊异，怒斥道："你这顽童真怪，明明凶手已经拿到，为何还要往这火坑里跳？"

"要说凶手，就是我。是我打死了龙王的儿子，还抽了他的龙筋呢！"

"真的？"

"没错！"

"你不要命啦？"

"我的命，已经抵给老泥鳅啦！"

"既然偿了命，你怎么还活着哪？"

"这你别管，我就是来寻老泥鳅敖光报仇的。"

"他是龙中之王，堂堂的兴云布雨正神，难道你想以卵击石？"

"哼，别瞧他是龙中之王，可我哪吒才不怕他呢！"

"哪吒？在灵霄殿前痛打敖光的，原来就是你呀？"

"正是。不过，我真懊恼，后悔当初没将他活活揍死！"

将官脸色大变，青一阵，白一阵，手中宝剑，颤颤抖抖。天兵天将，战战兢兢，面面相觑，呆若木鸡。

哪吒见天兵天将丢魂失魄，退避两厢，便昂首挺胸，迈步进殿。

那带班将官，见哪吒闯入宫殿，恍然醒悟，飞跑过去，急忙拉回哪吒，和颜悦色道："小兄弟，你稍候片刻，待我前去禀报陛下。"

哪吒点了点头："也好，你快去快回。"

那将官转过身来，正要入殿奏报，只见满朝文武，鱼贯而出。他慌忙叩头礼拜，奏报："大事不好，陛下错……"

礼仪官抢上一步，呵斥道："何事惊慌？"

将官低着头，吞吞吐吐地说："陛下……错断了命案。"

礼仪官大发雷霆，斜眼瞅了将官一眼，骂他亵渎天王，命天兵拉出去斩首。

众天兵一拥而上，七手八脚，把将官捆缚起来。那将官不服，拼命挣扎，大喊大叫道："不关我事，放开我！冤枉啊，冤枉啊！"

礼仪官一怒之下，飞起一脚，从背后猛地踢去。那将官猝不及防，惊叫一声，向前一栽，骨碌了两下，滚下石阶。洁白的玉石上，留下一片殷红血迹。

玉皇大帝闻声出殿，见文武众臣神色慌张，窃窃私议，便问左右出了何事。礼仪官急忙跪奏道："陛下，适才有一疯人，亵渎天王……"他偷眼瞥了玉帝一眼，把话噎住了。

"疯人说些什么？如实讲来！"玉帝不动声色，威严地逼问。

"他胡说，天王把案断错了！"礼仪官说罢，浑身直冒冷汗。

玉帝仰脸笑道："杀人凶犯，人证俱在，朕岂能错断错判？真是岂有此理！哈哈哈……"

文武百官，见玉帝自信自负，谈笑风生，也簇簇拥拥，陪着大笑起来。

哪吒见那将官血流满面，跑到石阶下，用混天绫替他擦净血迹，并解下绑缚，扶将官起来，然后冲着笑得前仰后合的玉帝说："天王，这命案，你真的判错啦！"

玉帝见眼前站着个英俊少年，便面带笑容，问道："你是谁家的孩子呀？好，你来说说，我错在哪里？"

哪吒见玉帝笑容可掬，说话温和，一点也不凶狠，就报了自家身世，将在东海九湾河洗澡，夜叉、敖丙寻衅争斗，如何误伤二人性命；向龙王认错赔礼，龙王如何不依不饶，乱施淫威，荼毒百姓，残害善良；接下去，他如何剔骨割肉，抵偿性命；又如何被太乙真人搭救，前来寻父、报仇……前前后后，原原本本，细说一遍。末了，哪吒说："天王单听敖光一面之词，也不查访明白，就将我父亲李靖治罪，难道这不是错断错判，冤枉了好人吗？"

玉帝听罢，微蹙眉峰，沉吟半晌道："如此说来，朕是偏听偏信，错判错断，冤枉了李靖。这也怪我耳目闭塞，一时糊涂，平日宠爱敖光，对他过于迁就姑息。真没想到，他阳奉阴违，干了那么多坏事，令人痛心。"玉帝越说越恼，即刻传旨，将敖光抓来问罪。

礼仪官心惊胆战，奏道："陛下息怒，那敖光心怀叵测，已亲自押解李靖，回水晶宫去了。"

玉帝击掌叹道："此事不妙，速速将他抓回！"

礼仪官立即传令，派天兵天将去捉拿敖光。哪吒上前一步，禀奏玉帝："天王，不必兴师动众，有劳各位神兵神将。我与敖光素有较量，况且一人做事一人当，我自有办法对付他。"

玉帝听哪吒言之有理，心中又恼恨敖光，就爽快地应诺。他上前拉住哪吒，密授令旨："冤家对头，手下留情。

待救出父亲，日后可到天庭听用。"

哪吒急忙跪拜，领了圣旨，谢过玉帝，说："这天宫仙景，真是美极了。有朝一日，我定要陪着父老乡亲，到此一游。"说罢，叩头再拜，起身告辞。

玉帝传旨，奏乐送行。顿时，宫殿内外，仙乐齐鸣。

哪吒念动咒语，驾起祥云，欢欢喜喜，飞离天庭。

哪吒来到九湾河，落下云端。但见河岸两边，男女老少，呼天号地，凄凄惨惨。哪吒认得那个老阿婆，上前行了一礼，问道："老奶奶，你们那边的云雾已然散尽，朗朗晴天，可晒粮食，干吗还哭呢？"

老阿婆老眼昏花，哭天抹泪，伤心地说："唉，你是不知道，那天有个像你这么大的孩子，逼着龙王爷驱散黑云，俺们的粮食才没发霉烂掉。谁知龙王爷心眼忒毒，硬把那个孩子给整死了。唉，真是好人不长寿，俺们为那孩子难过呀！"说完，一把鼻涕一把泪，又痛哭起来。

哪吒推了推老阿婆，笑着说："老奶奶，您瞧，我不是活得挺结实吗？"

老阿婆立刻不哭了，眯缝着眼，凑近哪吒，端详起来："哟，瞧俺这瞎眼，咋不认得你是谁呀？可听这声音，怪耳熟的。"

哪吒扑哧笑出了声，悄声说："老奶奶，我是哪吒。"

"你就是敢斗龙王爷的哪吒？唉！我寻思着，这么好的孩子，哪儿能死呢！"老阿婆伸出枯藤般的双手，紧紧攥住哪吒的手，回头朝乡亲们喊道："哪吒没死，哪吒没死，哪吒还活着哪！"

"哪吒没死！哪吒还活着哪！"这声音，一传十，十传百，山呼水应，撼天动地。

哪吒又来到东海边上。只见这里人来人往，川流不息。哪吒一眼看见那个满脸布满核桃般皱纹的老孙头，正与孙子黑虎抬着一只小船下海，便急忙上前问道："老爷爷，您要出海打鱼呀？"

老孙头没理会哪吒，皱着眉头说："龙王逼死了哪吒，这会儿又把他父亲抓进了水晶宫。唉，我豁上这条老命，也要把李总兵救上来！"

哪吒激动地流下了眼泪，连忙说："老爷爷，我没死！我奉了玉帝圣旨，前来降龙救父。"

老孙头满脸皱纹，绽开笑容，连说："我琢磨着，你咋能这么命短呢？赶明儿，我要塑个神像，子子孙孙，烧香供奉。好，你来得正好，你看我能帮个啥忙？"

哪吒摆着手说："不用！您要有炮仗，不妨多预备些，到时候拿住龙王，噼噼啪啪，叫乡亲们听个响就成了。"

老孙头咧开干瘪瘪的嘴唇，呵呵笑道："好好好，这回听你调遣，咱照办不误。"

哪吒站到桥头，面对碧波，默念咒语，口吐金光。顿时，风起云涌，海浪冲天，波峰耸立，惊涛裂岸。哪吒纵身入海，分开水路，径直杀进水晶宫。

且说敖光告了御状，带回李靖，真是眉开眼笑，心花怒放。他坐在水晶宫殿上，摆下珍馐宴席；又令宫中龙女，轻歌曼舞。更有龟鳖鼋鼍，鱼虾鳌蟹，各执兵器，分列两旁。龙子龙孙，击鼓助兴。宾主对酌，觥筹交错，行拳猜令，弹冠相庆。敖光频频举觞，答谢敖顺、敖吉、敖明三位龙兄龙弟，为拿李靖，助了他一臂之力。酒过三巡，敖光心血来潮，一声令下，命龙兵押来李靖，要挖了他的心肝，以助酒兴。

龙兵得令，将李靖反剪双手，绑缚在龙柱上。随后，卸下他的盔甲，刀尖一挑，划裂衣衫。李靖泪水滚落，苦苦哀告敖光道："道兄饶命，手下留情！"

敖光闻听，又痛饮一觞，冷眼瞧了李靖一眼，便哈哈大笑一阵。然后，猛地一扬手，下令龙兵挖出李靖心肝，拿来下酒。

龙兵不敢怠慢，举起尖刀，晃了两晃，对准李靖胸膛。李靖见求生无望，把心一横，两眼一闭，泪如雨下。

就在这紧要关头，哪吒赶到了龙宫。他念个咒语，转眼之间，变成三头六臂，又从豹皮囊里取出法宝，拿在手中。两名当班龙兵，见哪吒杀来，一齐扑上，迎面截挡。哪吒挺起火尖枪，猛地一刺，撂倒一个，另一个龙兵如惊弓之鸟，大叫一声，掉头就跑。哪吒从背后一枪刺去，那龙兵惨叫一声，立刻瘫倒在地，无声无息了。

镇海虾兵蟹将见哪吒连伤两命，便摇旗呐喊，厮杀而来。哪吒左冲右突，前劈后砍，杀出一条血路，闯进宫殿。

眼看龙兵举刀，李靖危在旦夕。忽听当的一响，只见一簇火星，闪闪烁烁。原是哪吒抛来金砖，将龙兵的尖刀砍作两段。

众人见状，纷纷攘攘，你拥我挤，乱喊乱叫。

哪吒跃身上前，扬起遁龙桩，猛地砸过去，将敖光死死钉住。

敖光一惊，酒觞落地。晃动龙体，动也动不得，话也说不得，干瞪着两眼，直勾勾地望着那三头六臂的哪吒。

敖顺兄弟三人，见兄长突遭厄运，也不知哪吒使用何种法宝，便哆哆嗦嗦，拱手说道："哪吒，你好无理！你魂魄已然升天，往日旧恨已一笔勾销。可千不该，万不该，不该又来搅扰龙宫。看在你父李靖面上，今日暂且将你宽恕。"

哪吒闻听，朗朗大笑，即刻抛出七尺混天绫。霎时间，一道红光，一片红霞，将敖顺兄弟三人牢牢裹住。虾兵蟹将上前搭救，都被哪吒用枪拨倒。敖光圆睁怒目，暗暗叫苦。

李靖见哪吒长出三头六臂，真似神童一般。他暗自思忖：哪吒剜腹割肉，已将肉体还给父母，为何如今又起死回生，大闹龙宫？他越想越怕，低下头来，两眼避开哪吒。

哪吒发现了李靖，扑到龙柱前，跪拜道："父亲！孩儿被太乙真人救活，又奉玉帝圣旨，前来寻父救父，降龙除害。"说罢，站起身来，为李靖松了绑，又帮他将盔甲穿戴整齐。

李靖把哪吒细细打量一番，满腹疑团顿时烟消云散。突然大叫一声："儿呀，快快随我回陈塘关，去见你的母亲。"

哪吒笑道："父亲，难道就这样空手去见母亲？"

李靖惊诧道："怎么？你想……"

哪吒一笑："我想取下敖光的龙头，去向母亲报喜。"

"啊！"李靖惊叫一声，浑身发抖，瞠目结舌。

哪吒安慰父亲不必担忧，说敖光上欺天王，下害万民，罪恶累累，死有余辜。若不将这老泥鳅斩除，后患无穷。随后，他转身收回遁龙桩，对敖光说："老泥鳅，你身为龙中之王，作恶多端，连玉帝也被你蒙骗，险些要了我父亲的性命。小爷明人不做暗事，今日叫你死个明白。还有啥话，快快说来！"

敖光骂道："好一个小冤家，你高兴得太早！鹿死谁手，在此一举！"说着，哗啦一声，抽出龙剑，唰唰唰，夹风带雨，照准哪吒，连连劈来。

哪吒早有防备，猛一闪身，忽地飞起九龙神火罩，不偏不倚，正好罩到敖光头上。

敖光被法宝罩住，顿时五脏冒火，七窍生烟，疼得他火烧火燎，大骂哪吒不仁不义，大逆不道……骂着骂着，只见哪吒念起咒语，说声："烧！"喷出一道红光，直冲罩内，顷刻间，神火罩里光华四射，烈烟腾腾。敖光浑身上下，火人一般，烧得他上蹿下跳，在宫殿里来回乱跑，连喊："饶命啊，饶命啊！"

敖顺兄弟三人被混天绫缠住，丝毫不能动弹，想救兄长，却无能为力。那些四下逃散的虾兵蟹将，龙子龙孙，小姐宫女，在殿外隔窗探头探脑，争看热闹，谁也不敢上前搭救龙王。

李靖心惊肉跳，扑通一声，跪倒在地，高声呼叫："哪吒，哪吒，手下留情，凡事不可做绝呀！常言道，善有善报，恶有恶报。看在为父分上，就饶那道兄一命吧！"

哪吒急忙上前，扶起父亲，附耳低语道："玉帝有旨，也叫我手下留情哩！"

李靖微微点头，面露笑容，冲着乱窜乱跑的敖光喊道："喂，道兄！从今往后，只要你能改恶从善，哪吒便可饶你性命！"

"罢罢罢！我认输了！若三公子能饶我不死，此恩当永世不忘！"敖光跑跑停停，停停跑跑，声嘶力竭，大喊大叫。

哪吒见敖光服输认罪，便拍手一笑，念了秘诀，收回神火罩。

敖光烧得满身焦黑，疼痛难忍。哪吒从豹皮囊里取出一粒金丹，含在口中，然后喷出一团白气，使敖光如堕五里雾中。刹那间，敖光精神焕发，面目如旧。他睁眼一看，见哪吒又变成了原样，心中一喜一忧，急忙拱手一拜。哪吒见敖光威风扫地，狼狈不堪，便也回拜一礼。

李靖拉了哪吒一把，指着那敖顺兄弟三人，说："都是道兄道弟，别伤了和气。"

哪吒笑了笑，朝那三人施礼道："恕我性急，委屈了你们。"说着，口念咒语，收回混天绫。敖顺兄弟三人，这才舒心展目，忙与哪吒拱手相拜。

敖光下令，重摆宴席，款待李靖父子。哪吒婉言推辞道："母亲在家牵肠挂肚，放心不下，待日后再来拜访吧。"

敖光不便挽留，拿出一根龙杖，赠给哪吒。

哪吒接过龙杖，谢过敖光，与父亲一道，离开了水晶宫。

东海岸边，万民翘望，盼着哪吒归来。

一阵浪飞波涌，哪吒、李靖二人分开水势，回到岸上。那个满脸布满核桃皱纹的老孙头，一颠一跛地扑过来，含着泪花叫着："哪吒！哪吒！"

哪吒将龙杖送给老孙头，笑说："老爷爷，您老放心吧，龙王再也不敢作恶啦！"

老孙头点燃炮仗，只听得噼噼啪啪，噼噼啪啪，鞭炮声声，红光闪闪，炸响了天，映红了地，驱散了人们脸上的愁云，漫天遍野，响彻欢歌笑语……

第五章

打碎神像

哪吒大闹龙宫，威震四海，使龙王敖光服服帖帖，再不敢为非作歹，肆虐逞凶。百姓民众见哪吒除去一害，莫不欢欣鼓舞，举杯庆贺。陈塘关内外，到处都在传说着哪吒降龙除害的故事。从此，哪吒的名声越来越响，越来越大。

一天，那个满脸布满核桃般皱纹的老孙头带领全家男女老少，在村后日月山半山腰上，偷偷为哪吒造起一尊泥塑神像。此后每天，不管刮风下雨，老人一家都按时前来进香祈祷，祝福哪吒长命百岁。天长日久，三邻五乡的百姓都知道了，男男女女纷纷赶来，烧香上供，磕头作揖，口中还念念有词，不外是称颂哪吒如同神灵一般。

有一天早晨，金吒和木吒到此打猎，忽然看到哪吒神像，而且来进香火的人络绎不绝，二人不觉愣了半天。不知是出于好奇，还是出于嫉妒，兄弟俩嘀咕了一阵子，就慌忙跑回帅府，报知父亲。

李靖闻听此事，顿时大怒。他心想：这事要是传到皇城，纣王怪罪下来，我李靖轻则罢官，重则死罪。哎呀，这人命关天的大事，岂能视若儿戏！李靖越想越怕，越怕越怒，急忙喊来殷夫人，让她速速找回哪吒。

殷夫人忙找到哪吒，说："我儿，快到父亲跟前认个错吧！"

哪吒一惊："母亲，孩儿并没犯下啥过错呀？"

殷夫人说："我也不明底细，你去去就晓得了。"

哪吒不愿叫母亲为难，便嘬着嘴去见父亲。

金吒、木吒二人见哪吒走到父亲面前，怕连累自己，就悄悄躲走了。

李靖见了哪吒，火冒三丈，一巴掌将哪吒打了个趔趄，怒斥道："孽障！你又给我惹下了大祸！"

哪吒用手捂着红扑扑的脸蛋，眼睛一闪一闪的，委屈地说："父亲，孩儿不知有啥过错。"

李靖暴跳如雷，吼道："你还犟嘴呢！我问你，你是要死，还是要活？"

哪吒眼睛里滴溜溜地闪着泪花，一闪一闪的，愣愣地注视着父亲。

李靖大吼一声："孽障听着！今日有你无我，有我无你！"

哪吒的眼泪像断线的珠子，滴答滴答地掉下来，他咬紧嘴唇，没有说话。

李靖抽出宝剑，要劈哪吒。殷夫人手疾眼快，慌忙抱住李靖，大哭大叫起来："我的天哪！这是怎么啦？你们父子俩成天就跟仇人似的！我也没法活了，你先捅我一刀吧！"

李靖举着寒光闪闪的宝剑，气急败坏地说："都怨这孽障，净给我招灾惹祸！他真是胆大包天，竟在日月山上竖起了他的神像，让黎民百姓都去进香上供，这成何体统？要是让朝廷得知，怪罪于我，我还能活命吗？"

殷夫人抽抽噎噎，哽咽道："有话慢慢说嘛，凭什么动不动就拔出宝剑来？"说着，一把夺过李靖的宝剑，走到哪吒身旁，将他拉在怀里，轻声问道："我儿，这到底是怎么回事呀？"

哪吒泪眼汪汪，摆了摆手，那头摇得像拨浪鼓一般。

殷夫人柔声细语，催问道："我儿，你是怎么啦？快说话呀！"

哪吒又摇着头说："母亲，孩儿什么都不知道。"

殷夫人轻轻叹了口气，回头对李靖说："你别冤枉了孩儿。告诉你，他什么都不知道。"

李靖收起宝剑，大喝一声："那好，你们跟我走一趟。"说罢，揪着哪吒，拉上殷夫人，出了府门。

金吒和木吒从花园的墙头上探出头来，一见父亲那气悻悻的样子，都后悔当初不该多管闲事。

李靖三人来到日月山半山腰上，只见苍松翠柏，郁郁葱葱，一尊泥塑的哪吒神像，掩映在万绿丛中。缕缕青烟，袅袅飘散，进香男女，接连不断。李靖用手一指，对夫人说："百闻不如一见，不冤枉他吧？"

哪吒挣脱父亲的手，跑上前一看，果然是自己的塑像：脚踩风火轮，身披混天绫，左手握着乾坤圈，右手提着火尖枪，要不是托着块青石板，真会凌空腾起，扶摇直上九霄。哪吒再看那红脸盘，大眼睛，黑眉毛，一头乌发，跟真人也一丝不差。他心想：原来自己就是这个模样啊，怪逗人的！但又一想，这不知出自哪位能工巧匠之手，干吗要为我塑像呀？听说，只有神仙才有塑像的资格。我是童子凡人，又不是神仙，干吗这么折腾我呀？哼，真蠢，真蠢！我才不稀罕这个哪！

李靖走过来，问一个老人："谁让你们给哪吒造的神像？"

这人正是老孙头，他见是李总兵，毕恭毕敬地回答说："实不相瞒，这是我的主意。"

"你目无朝廷，私造神像，这是触犯王法的，懂吗？"

"天高皇帝远，朝廷还有工夫管这些闲事？实话实说，谁给俺们百姓办好事，俺们就爱他，亲他，敬他，崇拜他。"

"朝廷怪罪下来，先拿你的脑袋示众！"

"嘿嘿，别拿这话吓唬人。怕啥？脑袋掉了，落个碗大的疤。"

"老东西，我看你的寿数到头了！"李靖骂了一声，抽出宝剑，厉声说道，"我要斩下你的脑袋，送到朝廷赎罪！"

哪吒正在凝神默想，突然见父亲拔出宝剑来，要斩老孙头，便飞身跑来，劈手拦住父亲，央求道："爹爹息怒，待孩儿问个明白。"

李靖把剑插入刀鞘，大声说道："既然哪吒有话说，就让这老头多喘一会儿气吧！"

哪吒转过身来，走到老孙头跟前，只见他满脸皱纹不住地抽动着，仿佛要将满心的爱与恨都倾泻出来似的。哪吒心如刀绞，阵阵作痛，对老人说："老爷爷，您的心意我明白，可干吗非把我塑成个泥人呢？"

老孙头瓮声瓮气地说："谁说这是泥人？这是俺们百姓心里的一盏明灯啊！"

哪吒摇摇头说："老爷爷您糊涂了，泥就是泥呗，用泥捏成个像，顶啥用呢？再说，我哪吒本是个凡人，不是个神，你们每天烧香磕头，就能磕出粮食来啦？"

老孙头说："这理儿，俺们都懂。你替俺们除了大害，才多打了粮食。为你塑个像，也是俺们一片心意。这陈塘关的百姓，哪个不敬你，爱你，疼你！"

哪吒又摇了摇头："老爷爷，这不是捉弄人吗？你想过没有，赶明儿，我要是做了什么对不住你们的事，你们该咋办？到那时候，还不把这泥像砸个稀巴烂！"

老孙头摆摆手，笑了笑说："不会的，不会的！人生在世，谁也保不住碰上个黑灯瞎火的时候，磕磕绊绊跌上一跤，别瞧俺们是粗人，整天跟土坷垃打交道，可心里明镜似的，什么都清楚！"

"老爷爷！"哪吒恳切地说，"我求求您啦，你们要是真心爱我，疼我，那就趁早砸了它吧。这玩意儿，真的没用！"

李靖站在一旁，静观细察，这才明白了事情真相。他自感理亏词穷，也不便发作，只是圆睁双目，暗自思忖。

殷夫人移动莲步，走到老孙头面前，深深一拜，施了一礼，微笑道："老爹爹，恕我直言。我家哪吒，年幼无知，生就的怪脾性，时常搅得举家不安，我们真拿他没有办法。不过，适才听哪吒所言，倒也在情在理。不看僧面看佛面，请各位父老乡亲，看在我这做母亲的情分上，就依了哪吒之言，将这神像……"

老孙头抢过话头，笑眯眯地说："夫人，听你的话音，这神像留不得了？"

殷夫人微微一笑："老爹爹，俗话说，多一事不如少一事。况且，我家老爷身为朝廷命官，岂能触怒圣上？"

老孙头固执地说："是啊，你们有你们的难处，俺们有俺们的苦衷。这神像，就是俺们的精神寄托，每天看上一眼，也能消愁解闷。谁要敢动它一下，我就跟他拼老命！"说罢，操起一根扁担，紧握手中。

哪吒憋了半天，哈哈大笑道："老爷爷，我要是去动一动，您也得跟我拼命？"

老孙头立时缓和了口气，嘿嘿一笑："你？动归动，别碰坏就行。"

哪吒走到神像前，人们的目光像一道道闪电，齐刷刷地向他射来。

哪吒站在神像前，上下观望，左右抚摸，忽而微笑，忽而皱眉。

老孙头瞪着大眼，直勾勾地盯住哪吒。他有点担心，忙拉了身边的孙子一把，吩咐他去护着神像。

老人的孙子黑虎跑到哪吒面前，打趣道："哪吒兄弟，赶明儿，我也得学你做几样好事，让我爷爷也给我塑个像，那该多神气呀！"

哪吒冲黑虎笑了笑，没有作声，又端详了半天塑像，竟没有做出任何举动来。老孙头把扁担杵在地上，心里一块石头落了地，脸上的皱纹似绽开的秋菊。

哪吒绕到神像背后，突然抢起金砖，叭，叭，叭，猛砸三下。只听得哗啦啦一阵响，霎时间，泥人粉身碎骨，散成八瓣。只见那供在神像前的五谷杂粮、红枣核桃、珍珠玛瑙，纷纷扬扬，散落而下。

在场的男女老幼，一下子惊呆了。老孙头顿觉撕心裂肺，跌跌撞撞地扑上去，伸出干枯的双手，捧起一把碎裂的泥块，仰天长叹，号啕痛哭。

哪吒上前抱住老人，安慰道："老爷爷，用不着伤心，我以后常去看您老人家，不比这泥像更好吗？"

老孙头擦干眼泪，让黑虎帮他捡了些稻谷米粒、红枣核桃等物，装进箩筐，挑着担子下了山。

进香的人疑惑不解，半路上问孙老爹这是何故。老孙头余怒未消，告诉诸位说："这回得多长个心眼，在家里塑个哪吒神像，偷偷地供着，说什么也不让外人知道。"

说者无心，听者有意。所有敬服哪吒的人，一回到家里，也都效仿老孙头，挖来胶泥，塑成哪吒神像，活灵活现，煞是好看。然后，藏于密室，一年四季，香火不断。后来，这事传到老孙头耳朵里，他欣慰地一笑，对家人说："咱们俗人虽说愚笨，却也有聪明之处呢。"

再说，李靖见哪吒打碎了那尊神像，倒也十分快意。这件揪心的事，竟了结得这样利落，确实出乎他的意料。李靖舒展愁容，会心地笑了笑，对殷夫人说："神像既已打碎，此事便一了百了。你快领上哪吒回府去吧，我还有一桩心事没有了却呢。"

殷夫人也不敢问李靖有何心事，就领上哪吒下山去了。李靖见母子二人渐渐远去，这才口念咒语，驾起云头，直奔乾元山去了。

原来李靖见哪吒净给他惹祸，终日提心吊胆，心有余悸，他特意来讨教太乙真人，如何处置哪吒。是将他送回乾元山呢，还是把他囚禁于幽谷而与世隔绝。总而言之，不能眼睁睁着他再胡闹下去了。李靖心里这么想着，不多时就到了乾元山。他在金光洞前收住云头，见了金霞童儿，便问："仙师可在府上？"

金霞童儿见这个大汉身穿将服，红脸膛，扫帚眉，黑胡须，暗想：我师父哪来你这么个弟子啊！就问道："将军，你是何人？打哪儿来呀？有何贵干？"

李靖直言相告："我姓李名靖，乃陈塘关总兵，为逆子哪吒之事，求教仙师，烦请童儿速速通报。"

金霞童儿一拍手，笑道："啊，晓得了，晓得了！请伯父稍等片刻，我去请师父来。"说罢，飞身进洞，报告了太乙真人。

太乙真人料知李靖无事不到乾元山，便召进李靖，问他有何事相商。

李靖如实禀告，说哪吒这孽障实难驯服，不如把他送到仙师身边，学些真本领，免得在家招惹是非。如若仙师不答应，他李靖也顾不得什么父子情义了，索性将哪吒囚禁深山，以免后患。

太乙真人手捋银须，微眯双眼，听罢李靖一番诉说，莞尔一笑，道："哦，原来如此。哪吒生来自通灵性，岂能以常人之理待他？你既然有求于贫道，也罢，你随我到后洞来。"说着下了碧游床，带李靖来到后洞。

李靖一进洞门，觉得这里漆黑一片，冷风刺面，寒气逼人。太乙真人用拂尘轻轻一点，随即吹出一朵白莲花，顿时光华四射，灿若白昼，春风徐徐，扑面而来。李靖四下一望，却不见了太乙真人踪影，不禁一怔，暗自嗟叹仙师法术高妙。眨眼间，又见太乙真人手托一座玲珑金塔，从渺渺云烟中飘然而至。他将玲珑金塔交与李靖，吩咐道："今日贫道将这金塔密授于你，倘若哪吒节外生枝，有违父母之命，便可祭塔烧他。但千万记住，切切不可伤他性命。贫道料定三公子日后前途无量。"

李靖喜出望外，低头下拜，道："承蒙仙师厚爱。那孽障能改邪归正，我便心满意足了，仙师还夸他前途无量呢！"

太乙真人哈哈笑道："李将军，如今商纣失德，天下大乱，富贵荣华岂能长久？你何不将名利视作过眼浮云，暂且隐于山谷之中，待武周兴兵，你再出来，与哪吒一起立功立业。到那时，你父子俱是一殿之臣。"

李靖闻听此言，不禁愕然。他正想再问个明白，哪知太乙真人晃动拂尘，飘然隐去。顷刻间，冷风森森，寒流滚滚，烟云缭绕，紫雾盘旋。李靖浑身颤抖，毛骨悚然，幸亏掌上金塔金光灿灿，照亮洞府，他才跌跌绊绊走出洞来。从此，他便获得托塔天王美称。

就在李靖来拜见太乙真人时，哪吒随同母亲下山回家。半路上，忽见黑虎气喘吁吁地跑来，迎面拦住哪吒说："好兄弟，我爷爷被人抓走，你快去救他一命吧！"

哪吒惊问："你快说，谁把老爷爷给抓去啦？"

黑虎一愣怔，支支吾吾没有回答。

哪吒性急，拉住黑虎："你快说，老爷爷现在哪里？"

黑虎用手朝东一指："喏，就在龙泉山望天崖。"

哪吒一听，回头对殷夫人说："母亲，孩儿去去就回。"没等母亲答话，便直奔龙泉山下。殷夫人不放心，轻移莲步，随后追赶。

哪吒来到山脚下，只见望天崖上站着两个人：一个金吒，一个木吒。二人正兴高采烈，拍手唱歌。哪吒到崖下一看，见卧牛石上有两尊泥像，都是道童打扮，各执双剑，那样子神气十足，跃跃欲飞。哪吒细细一看，原来是金吒、木吒的塑像。哪吒抬起头来，冲崖上喊道："大哥，二哥，你们好快乐呀！那孙家老爷爷，是被你们抓去的吗？"

金吒、木吒听见哪吒的声音，忙从望天崖飞身跳下，挖苦道："怎么，光兴你让人家给你造神像，难道就不能给我们塑个像吗？"

哪吒把头一扭："哼，别胡说八道，谁稀罕这玩意儿！"

木吒抢着说："我就高兴让人家把我捧上天。"

金吒讷讷地说："别的我不懂，我就图个好玩！"

哪吒说："好，我去告诉父亲，让你们各挨四十大板。"

木吒满不在乎地说："别吓唬人了！你的神像又高又大，又在明处，谁动你一根毫毛啦？"

金吒唯唯诺诺地说："是啊，你瞧，我们俩这像又矮又小，又在暗处，何况与你无干，少管闲事。"

"少啰唆！"哪吒一手揪住金吒，一手揪住木吒，大喝一声，"老爷爷在哪里？快说！"

金吒、木吒一时气恼，双双拔剑，要刺哪吒。哪吒力大无穷，两手一推，二人跌倒在地。哪吒随即踏起风火轮，升在半空，手提火尖枪，来与二位哥哥交战。金吒见势不妙，连滚带爬，绕到崖后树下，为老孙头松绑解索，掏出口中发巾，这才扶着老人来见哪吒。

哪吒一见老爷爷走来，便猛地拿枪杆一挑，将木吒撂倒，随后扑到老人怀里，问长问短。

这时，黑虎陪着殷夫人也赶到了。母亲问金吒和木吒，为何到此无事生非？二人都低着头，不敢答话。

哪吒走过去，一手托起一尊泥像，向母亲禀报真情。殷夫人听了，将金吒、木吒训斥一顿。接着，又安慰老孙头说："您老息怒，都怪孩儿无礼。"

金吒、木吒羞愧难当，一齐跪拜，向老孙头赔礼。老孙头忙上前拉起二人，转怒为喜，笑道："没啥，没啥！往后，二位公子有用得着我的时候，尽管吩咐就是了。"

金吒埋怨道："这都是二弟的主意，硬拉着我把您老抓来捏泥像。"

木吒不服气地说："你真蔫坏，当初一见三弟的神像，你干吗扯着我去向父亲告密呀？"

老孙头听到这里，猛一跺脚："嘻，原来是你们哥儿俩干的好事啊！怪不得李将军大发雷霆，硬逼着哪吒打碎了神像。"

金吒、木吒睁大眼睛，惊疑地望着哪吒。

哪吒看了众人一眼，然后将两尊泥像扔进龙潭池中。金吒和木吒惊呆呆地望着水面，只见那泛起的层层涟漪，在渐渐消失……

第六章

金塔令箭

李靖手托金塔，回到帅府，坐于前厅，心情舒畅，十分惬意。

　　殷氏夫人见李靖满面春风，喜形于色，觉得纳闷，便问："老爷出外半日，有何喜事这般快乐？"

　　李靖笑道："夫人，不瞒你说，哪吒连连闯祸，真叫人操碎了心！我此去乾元山金光洞，拜访太乙真人，求仙师将哪吒收留在身边，学些真本领，免得在家招惹是非。谁知太乙真人却夸哪吒前途无量，还劝我暂且隐于山谷之中，待武周兴兵，再出来与哪吒同立功业，到那时，我父子俱是一殿之臣。太乙真人还将一座玲珑金塔密授于我。"说着，托起金塔，叫夫人观赏。

　　殷氏夫人毕竟是凡人俗眼，看来看去，也瞧不出个名堂来。心里疑惑，说道："这小玩意儿，我看不出有何稀罕之处。"

李靖扬扬得意，哈哈一笑，道："别看这小小金塔，却是宝中之宝！念动秘诀，它便光焰四射，可降妖伏怪，可镇恶驱邪。我李靖今日扬眉吐气，真是天助我也！"

殷氏夫人双手一拍，笑道："老爷，难怪你这般高兴呢！若是早有此物，你也不会被人家抓上天去！"

李靖越发得意，道："从今往后，不论是谁，再敢造次，当以金塔制服。"说罢，吩咐殷氏夫人，快叫哪吒来见。

殷氏夫人心里七上八下，不知又有什么意外，也不便探问，只好去唤来哪吒。

哪吒一见父亲，急忙跪拜。李靖却笑道："我儿！只要今后不再招惹是非，不拜也罢。"

哪吒抬起头来，眨巴着两眼，望着李靖手中的金塔，不觉一惊。

李靖站起身，举起金塔，道："真人不说假话。今日有言在先，你若再闯祸，我便拿金塔烧你！"

殷氏夫人顿时慌了神，忙道："你有本事，去跟龙王斗！何苦与孩子过不去呢？"

李靖走近夫人，附耳低语："我想唬他一唬，你何必当真！"

殷氏夫人这才转忧为喜，道："好话好说，不许唬人。"

哪吒站在一旁，见父亲眉开眼笑，不同往常。又见他金塔在手，便笑道："父亲，你这金塔，我曾在金光洞见过。是我师父所赠，对吧？"

李靖微微一笑，点头道："不错。你可知此物厉害？"

哪吒道："师父送我六件宝贝，单单不将金塔送我。此物白日无光，一到夜晚，便大放光芒，能降魔除怪，十分厉害。"

李靖大笑一声："好！知道厉害就行！"说罢，一把拉住哪吒，千叮万嘱，叫他苦练武艺，父子同心协力，镇守陈塘关。

殷氏夫人一旁思忖：平日，老爷满脸愁云，忧心忡忡，滴酒不沾；今日烟消云散，欣喜异常，也该痛饮一杯。想到此，立刻吩咐家丁，备了酒菜。李靖闻到酒香扑鼻，便将金塔放于桌案，欣然笑道："好，今日开个酒戒，畅饮三杯！"说罢落座，自斟自饮。

天已黄昏，月上东墙。李靖本无酒量，谁知一时痛快，连饮数杯，已觉两耳发烧，满面通红。殷氏夫人嗔怪道："老爷军务在身，切莫醉倒哟！"

李靖哈哈笑道："君不见天子纣王，终日沉湎酒色，不理朝政，宠信奸佞，残害忠良，致使众叛亲离，民不聊生。我李靖官居总兵，镇关守隘，千辛万苦，出生入死，效忠朝廷，到头来，说不定会死于纣王刀下。往日，我真苦恼，无人知晓；今日，承蒙太乙真人指点，我才茅塞顿开，领悟到：荣华富贵难长久，名缰利锁撩人烦。从明日起，我将隐居深山，从此脱身官场，悠然自得，乐趣无穷。"说罢，仰起脖子，咕咚一声，又灌下一杯。

李靖正在畅饮，忽见金、木二吒闯进门来，齐声报说："父亲！大事不好！"

李靖醉眼蒙眬，忙问："我儿，何事惊慌？"

金吒答道："城关墙上，贴出天子榜文，要捉拿逆臣姜子牙！"

木吒补充道："姜子牙官居朝廷下大夫，反了天子，率千军万民，要奔西岐。天子大怒，传旨张贴榜文，命各关守将缉拿姜子牙，速速解送朝歌问罪。若违抗圣旨，格杀勿论。"

李靖搓手叹道："刚摁下葫芦，又起来瓢。真叫人心烦！"说罢，命金、木二吒速去守关，自觉心中烦躁，又抓起酒觚，猛喝一口。

哪吒正依在母亲怀里，闻听姜子牙反了朝廷，心中大喜，走到李靖面前，问了声："父亲！照你看来，姜子牙姜师叔会路过陈塘关吗？"

李靖沉吟道："依我之见，姜尚才术两全，神通广大，过雄关险隘，如履平地。他即便来到陈塘关，我也奈何不得。"

哪吒心里暗暗叫好，又问："若是黎民百姓过关，你该咋办？"

李靖苦笑一声："我身为命官，享朝廷俸禄，理应秉公办事，不徇私情。"

哪吒暗暗叹气，心想：父亲呀，父亲！你只知唯命是从，却不分是非曲直，总有一天，你会大难临头，到那时，你后悔也来不及了。想到此，他悄悄走出前厅，脚踏风火轮，手执火尖枪，雄赳赳，气昂昂，直奔城关而去。

哪吒刚出府门，朝中武成王便派人送来令箭，命李靖严守关隘，不得放姜子牙过关。李靖接过令箭，不敢怠慢，便摇摇晃晃来到关前，传下军令，吩咐副将缪进四面埋下伏兵，以防万一。

缪进得令，正待布防，忽见探马来报："姜子牙率众，越过野马岭，下九湾河，奔陈塘关而来。"

李靖闻报，心急如火。清风吹来，酒火攻心，顿感头晕眼花，一阵恶心，哇哇两声，吐了一地。副将见总兵大醉，急令士兵扶住李靖，将他送回帅府。李靖东倒西歪，跌跌撞撞，手举令箭，大喊大叫："我……没醉！我……没醉！姜老头，来！……喝两壶！副将，没……我的令箭，谁……谁也不能……过关！"

李靖刚被架走，只见许多百姓，携男拽女，扶老挽幼，呼天号地，哭爹叫娘，簇簇拥拥，挤到关前。副将缪进见势不妙，号令三军兵卒，举刀挺枪，驱赶逃难民众。

一位长者，款款走出人群。只见他手提双剑，身穿八卦仙衣，足蹬丝绦麻履，皓首银须，面色红润，俨然仙风道骨，非同寻常。还没等长者开口，缪进便抢上两步，如狼似虎，吼叫道："咄！逆臣姜子牙！今日撞到此关，不束手就擒，更待何时？"

哪吒站在一旁，睁大眼睛，见长者和颜悦色，可亲可敬，真想大叫一声"姜师叔"，又想走上去，悄悄告诉姜子牙："师叔，我就是哪吒！"

可是，姜子牙没看见哪吒。他微微一笑，向副将施礼道："将军有所不知，听我慢慢讲来。我姜尚官在朝中八年，耳闻目睹之事，令人发指。纣王听信妲己，在摘星楼下，挖一深坑，命都城万民，每户交蛇四条，放入坑内。谁若触怒天子，便被推下坑中，喂此蛇蝎。此刑名曰'蛇盆'。更有甚者，在'蛇盆'左边掘一池，池上架一木槽，槽上插满树枝，枝上挂人肉片，美其名曰'肉林'；右边挖一沼，将酒灌满，美其名曰'酒池'。纣王常在此设宴，与妲己玩赏肉林、酒池。三宫嫔妃，六院宫人，对妲己稍有不满，便被打入酒池，或被切成肉片挂在树枝之上，妲己本是千年老狐所变，以此血食补养精气，蛊惑纣王。上至丞相，下至黎民，凡有奏章劝谏者，纣王传旨，不是葬身蛇盆，便是丧命酒池。纣王暴虐无道，激起天怨人怒，逼反天下诸侯。我姜尚自幼访道修真，善识妖魅。老狐真相，被我识破，妲己怀恨在心，便命我督造一座鹿台，高四丈九尺，琼楼玉宇，殿阁重檐，珊瑚砌栏杆，宝石镶梁栋，工程浩大，非三十五年不得完工，妲己却限令三年建成。而今，刀兵四起，人心慌乱，水旱连年，府库空虚，民不聊生，饿殍遍野。鹿台之工，劳民伤财，我怎肯误国害民，因此冒死劝谏。纣王听信狐媚之言，反加罪于我，传下令旨，拿我去喂蛇蝎。无奈，我用个道术，方才脱身。我不忍万民遭殃，累死于起造鹿台，便带了上千黎民逃出皇城。今日到此，请将军高抬贵手，放百姓过关。此恩此德，流芳千古。"

缪进听罢，冷若冰霜，怒道："姜子牙，你这江湖术士！一旦富贵，不思报恩，反而叛逆。我受命把守关隘，没有朝廷令箭，任你是亲爹亲娘，也休想过关！况且，若论国法，天子张挂榜文，点名道姓，将你捉拿，解回朝廷，以正国典。不过，可怜你枯木老朽，暂且饶你一死。"说罢，一声号令，军士蜂拥而上，一齐动手，先将姜子牙五花大绑，捆缚起来，又用连环索套住逃难百姓，连推带搡，押往军中大牢。

见此情景，哪吒又急又恼。急的是，姜师叔并非凡人，为何不施展五行道术，快快脱身；恼的是，你副将缪进，为何无情无义，倚仗权势，关押无辜黎民。你这恶人，今日我哪吒与你势不两立！见死不救，我还叫什么哪吒？日后，还有何脸面再见师叔？想到此，哪吒追赶上去，一把扯住姜子牙的道服，大叫一声："师叔！哪吒来也！"

姜子牙惊诧道："哪吒！原来是你？"

哪吒点点头，急道："师叔，我助你一臂之力，快逃走吧！"

姜子牙笑道："我姜尚谙熟道术，斩将夺关，易如反掌。只是当下眼见百姓受屈，我怎能忍心离弃？"

哪吒恍然大悟，一拍脑门，道："师叔，你的心思，我懂我懂！"说罢，脚踏风火轮，起在半空，疾驰而去。

哪吒回到帅府，直奔后房，来见母亲。殷氏夫人忙道："孩儿，你父亲醉倒在关前，被军士抬回府来。此事，你可知道？"

哪吒答道："母亲，孩儿从关前赶来，正要去拜见父亲。"

殷氏夫人微笑道："你父亲已酣然入睡，不见也罢。"

哪吒拉住母亲的手，执拗地说道："母亲，孩儿一定要见！"

"我儿！"殷氏夫人笑嗔道，"天色已晚，待明日一早，再见不迟。"

"母亲，人命关天，刻不容缓，等到明早就要误了大事！"哪吒急切地说。

殷氏夫人惊异道："我儿，又有什么人命关天的大事？"

哪吒将纣王听信妲己，如何挖蛇蝎坑，造酒池、肉林，残害忠良；纣王如何劳民伤财，大兴土木，修造鹿台；姜子牙如何死里逃生，带领上千难民逃出皇城；路过陈塘关，又如何被副将关押进军牢，前后关节，细讲一遍。

殷氏听罢，泪落衣衫，怜悯之情，油然而生，叹道："姜子牙遭此厄运，实在可怜！他与众民同生死，共患难，不顾八十高龄，将上千百姓救出狼窝虎穴，慈善之心，令人钦佩！既然如此，就该助他们一臂之力才好。"

"母亲！我的好母亲！"哪吒扑在母亲怀里，悄声道，"孩儿正是为此来与母亲商量，如何搭救百姓过关。"

殷氏夫人深思道："此事非同小可，待我想个万全之策。"

哪吒急不可耐，压低声音，如此这般，说出一计。殷夫人一听，大惊失色，犹豫道："我儿，此计万万使不得！"

哪吒笑道："母亲，不必忧虑！昏君纣王，作恶多端，比龙王还坏上百倍！他既然拿令箭压人，我们何不将计就计，取令箭放人？"

殷夫人叹道："唉，我是担心，你父亲又被牵连……"

哪吒道："母亲放心！还是那句话：一人做事一人当。龙王我不怕，难道还怕他纣王吗？再说，平时，我父亲对昏君纣王又怕又恨，整日愁眉不展，心神不宁。有朝一日，万一被纣王怪罪下来，满门抄斩，家破人亡，到那

105

时，连个囫囵尸首，恐怕也难保住！依孩儿之见，劝说父亲，拿定主意，跟随姜师叔，投奔西岐，不知母亲意下如何？"

殷夫人微微点头，道："俗话说，仕途多风险，无官一身轻。若能到西岐，即使当个平民百姓，不也自得其乐吗？况且，你父亲也十分羡慕西岐，在私下常常说起，那里是礼仪道德之乡，周文王治国安邦，招贤纳士，人尽其才，物尽其用；物阜民丰，行人让路，老幼不欺，市井谦和，真乃尧天舜日，别是一番天地。听你父亲一说，我早已动心，恨不能长出翅膀，飞到西岐，哪怕看上一眼，也不虚度此生了。"

哪吒听罢此言，心花怒放，忙说："母亲，眼下时机已到，要当机立断，拿了令箭，方能过关。乘父亲酒醉，正好下手。机不可失，时不再来！母亲，快带孩儿去见父亲！"

殷氏夫人举棋不定，犹豫不决，长叹一声："我儿，不必慌忙！事关重大，万万不可轻举妄动，待你父亲醒来，再细做商量。"

话音未落，府门之外，传来喊声："李靖接旨！李靖接旨！"少顷，家将来报知殷夫人，请总兵接旨。

殷氏夫人顿时惊呆，讷讷地说："哎呀！老爷吃醉了酒，如何接旨呢？这……这……"

哪吒一笑，道："母亲，这有啥难处？孩儿冒名顶替，去去无妨！"说罢，拿来李靖的盔甲，穿戴整齐，又在嘴上粘了三绺黑须，腰挂佩剑，大摇大摆，走到府门，在朦胧月色中，跪接圣旨。

殷氏夫人与家将躲在黑影里，目不转睛，向府门望去，为哪吒捏着一把汗。

那朝廷使者一见陈塘关总兵跪拜在地，不问是真是假，便在马上高声喝道："李靖听着！天子有旨，速将叛臣姜子牙，连夜押解皇城，斩首示众。倘若有误，拿你问罪！"读罢，拨马而回。

哪吒见使者走远，忍不住笑出声来。殷氏夫人听得真切，急忙走来，道："我儿！大祸临头，迫在眉睫。急得母亲，心都快跳出喉咙！你倒好，险些露了马脚，也不知后怕，还哧哧地笑呢！"

哪吒揪下三绺黑须，将了母亲一军，道："母亲！姜师叔危在旦夕，父亲也朝不保夕，看你还犹豫到几时？"

殷氏夫人这才如梦方醒，惊呼道："事已如此，快随我去见你父亲！"说罢，一把拉住哪吒，直奔卧室。

母子二人走进卧室，只听李靖鼾声如雷。殷氏夫人蹑手蹑脚，走到床边，轻轻推了两下。李靖翻个身，又打起呼噜来。殷氏夫人无奈，连声叫道："老爷醒醒！老爷醒醒……"边叫边推，边推边叫，三番五次，李靖才醉眼微睁，嘟嘟囔囔道："酒醉……人不醉……谁好……谁歹，我全……明白！姜老头，我……佩服你！来，来，来！……喝两壶！昏君纣王，荒淫无道……人神共怒，天诛地灭！……"

哪吒上前，附耳低语道："适才，纣王降旨，命你亲自出马，连夜将姜子牙押往皇城斩首。若有迟误，拿你问罪！"

李靖睁开双眼，见哪吒顶盔贯甲，武将打扮，惊问一声："你是何人？"

哪吒急忙跪拜："孩儿哪吒，急中生智，披挂盔甲，替父亲接旨。"

李靖突然哈哈笑道："我儿，你真会开玩笑！你拿圣旨吓唬人，是怕我醉在梦中，难以清醒，对吧？实不相瞒，酒逢知己千杯少，方才，我正与姜老头开怀畅饮，不料被你们搅扰。好，好，好！你们快躲开，别误了我们喝酒……"说罢，双手抱肩，两眼紧闭，鼾声大作，又入梦乡。

声声更鼓，隐隐传来。哪吒心急如焚，四处寻找，不见令箭踪影。走到李靖身旁，用手一摸，胸前一物，正是令箭！李靖双臂交叉，紧紧捂盖。哪吒向母亲递个眼色，殷氏夫人扶住李靖双手，轻轻挪动。不料，李靖受凉，一个喷嚏，吓人一跳。殷氏夫人惊魂未定，忙扯过一被，往李靖身上一盖，借裹掖被角之机，乘势拿出令箭，递交哪吒，悄声叮嘱道："我儿，速去速回！待你父亲醒来，我们同往西岐。"

　　哪吒说声"遵命！"，便拜别母亲，转身跑出府门，踏起风火轮，飞到陈塘关军中牢门前，指名道姓，要副将听令。

　　副将缪进走出营帐，抬头一看，半空里出现一位少年将军，不禁愕然，忙问："你是何人？胆敢扰乱军营！"

　　哪吒不肯报说姓名，落下风火轮，举起令箭，在副将眼前晃了两下，朗声说道："副将听着！总兵有令，速放姜子牙与百姓民众过关！"

　　缪进道："不见令箭，实难从命！"

　　哪吒见副将疑神疑鬼，便"叭"的一声，将令箭摔在地上，愤然道："令箭在此，看你敢无事生非！"

　　缪进弯下身来，捡起令箭，走进帐中。在烛光下，细看一遍，果然是军中令箭！但转念一想：此乃军中大事，为何总兵不亲自出面，却派来一个不明不白之人，对我发号施令？其中万一有诈，被朝廷怪罪下来，罢官免职事小，恐怕连性命也保不住了。缪进想到此，便命左右将少年将军请来帐中。哪吒进帐，缪进才认出这少年是李总兵的三公子。缪进就假装笑脸，说道："三公子，我来问你，军中令箭，为何落到你的手中？"

哪吒怒斥道："你少啰唆！我却要问你，你与姜子牙可有仇？你与难民百姓可有恨？既然无仇无恨，为何与他们作对？别瞧你官居副将，可也是父母所养。你就不想一想，这上千难民之中，也许就有你的父母妻儿、兄弟姐妹！难道你眼睁睁看着他们被喂蛇蝎？死于酒池、肉林？实话实说，你休要执迷不悟，一条道走到黑！今日令箭在手，你放也好，不放也罢，由不得你！"

缪进一听，怒喝左右，欲拿住哪吒，去见总兵。两名军士，手执钢刀，一左一右，扑将过来。哪吒纵身一跃，跳到桌上，飞起一脚，将两盏灯烛，踢在二人脸上。两名军士甩掉钢刀，双手捂脸，齐声惊呼："不好！不好！"原来，一人被烫瞎一只眼！

缪进顿时吓呆，连忙求饶道："小爷息怒，小爷息怒！

常言道，儿靠爹娘养，兵吃国家粮。我缪进生为殷朝的将，死做殷朝的鬼。你稍候片刻，待我去禀报李总兵知道，即使放走千军万马，也与我无有牵连了！"说罢，慌慌张张，退出军帐。

哪吒追上副将，一把夺过令箭。心想：这人好狡猾呀！若是真的见过我家父亲，真相大白，那后果不堪设想。想到此，便拦住副将道："缪将军，你如此绝情绝义，也休怪我哪吒不留情面！"说罢，举起乾坤圈，只轻轻一下，便将缪进砸个头昏脑涨，登时瘫倒在地。哪吒见缪进不省人事，就唤来那两个独眼军士，将副将抬回帐中。

月色溶溶，树影婆娑。哪吒带着令箭，大模大样，在军营穿行。巡哨兵卒，远远望见哪吒武将打扮，也不敢上前盘问，躲在暗处，窃窃私语。

哪吒径直来到牢门前，只见两名门将，各执双剑，横眉立目，分列左右。哪吒刚要拿出令箭，忽听门将喝道："哪吒！深更半夜，不在府中，为何闯到这里？"

"啊！原来是二位哥哥呀！"哪吒将令箭一亮，"快快打开牢门，放出姜师叔与百姓民众！"

金吒一怔，说："哪吒！这军中令箭，非同儿戏，别给父帅闯祸呀！"

木吒一惊："哪吒！你胆大妄为，目无王法，会招来杀头之罪！"

哪吒笑道："照二位哥哥的意思，我哪吒不该多此一举，对吧？"

金、木二吒一齐点头："对，对！这不关咱们的事，不管为妙。"

哪吒真想说一声："二位哥哥真是胆小鬼！"话到嘴边，又咽回肚里，改口说道："二位哥哥，请想一想，这么多父老兄弟，姐姐妹妹，他们死里逃生，去投奔人间乐园，明明是好事，我怎能袖手旁观，见死不救呢？若是二位哥哥也被关进大牢，走投无路，难道你们不盼着别人搭救吗？将心比心，你们做何感想？"

金吒吞吞吐吐道："这……这话在理！不过，依我看，多一事……不如少一事。"

木吒咋咋呼呼道："兄弟！任你说得天花乱坠，没有父帅之命，谁也不准打开牢门！"

哪吒把令箭一晃，道："令箭在此，谁也挡不住开牢放人！"

木吒一把夺过令箭，揣进怀里，拔腿就跑。哪吒一个箭步，追赶上去，轻轻一圈打在木吒腿上，喝道："看你

往哪里跑！"

木吒被打翻在地，站起身来，举剑刺向哪吒。哪吒闪身躲开，飞起一脚，将木吒手中双剑踢到半空。当啷两声，落下地来，已断成四截。木吒想到，前日，在龙泉山望天崖，只因抓来老孙头，为自己和金吒捏泥像一事，曾遭哪吒痛打；今日，哪吒又来多管闲事，不听劝阻，反要伤人，岂有此理！若将此事报知父帅，一定会对他严加惩治。想到此，掏出令箭，摔在哪吒脚下，逃往帅府去了。

哪吒拾起令箭，回到牢门前，四下一看，不见金吒身影，连喊两声："金吒！金吒！"竟寂然无声。这才举起乾坤圈，正待砸开铁锁，突然背后伸来一只手，抓住哪吒的胳膊。

哪吒猛一回头，失声叫道："姜师叔，原来是你！"

姜子牙微微笑道："哪吒，我早已料定，你会冒着一死，前来搭救众百姓。故此，我已等候多时。"

哪吒惊讶道："师叔，我分明见你被人绑缚，押进大牢，如何脱身而出？"

姜子牙呵呵笑道："老朽不才，只略施道术，他们便奈何不得。可怜这上千难民的性命，我不能丢下不管，幸喜，你取来令箭，可救众人过关。"说罢，轻轻一捏，铁锁断裂。

哪吒又惊又喜，暗暗佩服姜子牙道术不凡，随即推开牢门，高声喊道："父老乡亲们！冲出牢门，过关去吧！"

男女百姓，蜂拥而出。姜子牙站在门口，举起双剑，唰，唰，唰！一起一落，斩断连环索。众人如出笼之鸟，纷纷逃出牢房。哪吒高举令箭，跑在前边，直奔关前。守关将士一见令箭，也不敢阻拦，只得打开城门，放众人过关。哪吒见一青年衣不蔽体，便卸下盔甲，给他穿戴起来。

高山流水，情深意长。哪吒陪着姜子牙，一直送到城外十里长桥，才依依惜别。待哪吒回过身来，忽见浪涛滚滚，漫过长桥，茫茫田野，一片汪洋。哪吒顿感惊疑，喃喃自语道："莫非龙王又在作怪？"

"你别冤枉人！"一个青衿秀士站在哪吒背后，轻声道，"哪吒，我今日大发慈悲，也来助姜子牙一臂之力。"

答话的原来是龙王敖光。哪吒立刻警觉起来，问："你水漫长桥，是何道理？"

敖光笑道："姜子牙率众西逃，难免被人追杀。我引来洪水，既可挡住追兵去路，又能保姜子牙安然无恙。这岂不是一举两得？"

114

哪吒一听，这才放下心来，连忙改口道："伯父！你用此计，好倒是好，可千万当心，别淹毁了庄稼！"

敖光大笑一声，道："这你放心！我心中有数。"说罢，喷出一道白光，宛如一条白练，悬挂当空。惊涛骇浪，山呼海啸，恰似千军万马，守卫着十里长桥。

哪吒四下一望，秧苗碧绿，含笑点头，仿佛低语道："哪吒放心！俺们平安无事！"哪吒一阵高兴，向敖光道声谢，拜别而归。

哪吒回到帅府，李靖已清醒过来。听金、木二吒报说，哪吒私带令箭，打开牢门，放姜子牙与百姓过关，李靖拍案大骂，拿来金塔，要烧哪吒。殷氏夫人见状，手忙脚乱，张开双臂，护住哪吒。哪吒扑到李靖面前，急忙跪拜，递上令箭，道："父亲息怒！令箭在此，原物归还。"

李靖接过令箭，恼怒万分，咔嚓一声，折成两段，狠狠打向哪吒。哪吒低头躲过，两截碎箭，飞到金、木二吒脚下。二人吓了一跳，转身躲走。

李靖手捧金塔，怒不可遏，喝道："哪吒！今日，你要死，还是要活？"

殷夫人插言道："要死便怎样？要活便怎样？"

李靖怒道："要死，用金塔烧他；要活，随我到皇城去，面奏天子，负荆请罪。"

哪吒站起身来，朗声说道："父亲！我就随你去见纣王，看他敢把我怎样？"

"要去，也只有一死！"李靖捶胸顿足道，"与其送死，不如自刎！"拔出剑来，要抹脖子。

殷氏夫人慌忙夺下宝剑，连哭带叫，道："老爷！要死，咱也得死在一处。你还是先把我砍了吧！"

哪吒抱住父亲，道："一人做事一人当！有理走遍天下；权大压不住理字。我去找纣王，看他能把理字吃掉！"说罢，出了府门，念动真言，驾上祥云，腾在半空。

哪吒走了一程，忽然想起：父亲会不会率兵去追赶姜子牙。他不放心，又转过方向向姜子牙等去的方向追去。他望见姜子牙早已去远，这才又往京都而去。哪吒走了一会儿，回过头去，想看看陈塘关方向，有无什么动静。这一望，只见陈塘关烈焰熊熊，火光冲天，不知出了什么大祸。他急忙驾云回关，正巧碰上副将缪进，站在城楼上，仰天长叹。哪吒施礼道："缪将军，方才委屈你了。姜子牙他们已远走高飞，你纵然叹息三天三夜，也是枉然。"

缪进破口大骂道："哪吒，你这孽障！善有善报，恶有恶报。你为了放百姓过关，将我打个半死。这下可好，你父母已被押往皇城，必是凶多吉少！"

哪吒半信半疑，道："你敢骗我，决不饶你！"

缪进狂笑道："哈哈！连我的性命，也被你葬送！"说罢，抽出宝剑，自刎而死。

哪吒暗暗伤心，不禁掉下几滴眼泪。匆匆赶回帅府，这里已成火海。滚滚浓烟，漫漫黑雾，风助火势，火趁风威，烈焰冲天，火蛇飞蹿。无数军民，纷纷赶来，端水运沙，奋力扑救。

哪吒见此情景，心里一阵难过，两行眼泪，汩汩流下。正在救火的老孙头与孙子黑虎见哪吒在一旁伤心落泪，便过来劝道："哪吒，你别犯愁，把心放开。有俺们在，啥都不怕！"

哪吒激动万分，扑通一声，跪倒在地，叫声："老爷爷！"

黑虎一把拉起哪吒，安慰道："等救完火，就到俺家去，俺爷爷给你留着好多好多红枣呢！"

哪吒谢过黑虎，擦干眼泪，朗朗说道："昏君纣王，你等着吧！"

第七章

皇城救父

且说姜子牙率众过陈塘关，奔西岐而去。纣王闻奏，不禁大怒，降下谕旨，速去拿获李靖，押来皇城问罪。

　　李靖正一筹莫展，顿足嗟叹。忽见一员虎将率领一班御林军士，簇簇拥拥，闯进帅府。李靖见势不妙，忙把金塔揣于怀中，正待挺起画戟，上前迎战，不料众军士蜂拥而上，将他团团围住。那虎将大喝一声："李靖听旨！"李靖一听，慌忙跪下，低头思忖：为人臣子，怎敢违命？殷氏夫人未曾见过这般阵势，顿时心慌意乱，躲到一旁，掩面抽泣。

　　"大胆李靖！"那虎将声若惊雷，正言厉色道，"你官居总兵，不思报国，反以怨报德，私通姜子牙，叛逆朝廷。天子传旨，拿你治罪，还不快快束手就擒！"

李靖低头落泪，叫苦不迭："冤枉啊，冤枉！"

那虎将怒喝一声："住口！方才我已问过副将，分明是你将朝中令箭暗中交与他人，打开牢门，放姜子牙与上千民众过关。铁证如山，休想抵赖！"

李靖泪流满面，喊冤叫屈。殷氏夫人忍无可忍，咬紧牙关，扑将过来，倒在李靖身旁，惊呼道："老爷！此事与你无关！"又转过身来，泪光闪闪，望着虎将，一字一句道："将军！我家老爷，一向安分守己，循规蹈矩，对朝廷并无三心二意。你们千万不能冤枉好人！再说，今晚老爷吃醉了酒，不曾去过牢门一步，怎能放姜子牙过关？"

那虎将一听，鼻孔里哼了一声，冷笑道："你个妇道人家，说出话来，遮三瞒四，怎会叫人信服？好，我来问你，即便李靖醉倒，那令箭可曾在手？"

李靖心中一惊，喃喃道："这……这……"

那虎将又冷笑一声："这有何难处？快，拿来令箭说话！"

殷氏夫人站起身来，回到内室，从地上捡起折断的令箭，捧在手中，出来递给虎将。李靖一见断箭，吓出一身冷汗，暗自叹道："都怪我不该吃酒！"

那虎将见令箭已断，心中好恼，一把夺过，照着李靖，狠狠砸过去。破口骂道："贼子逆臣！罪上加罪！"一声号令，命众军士上前绑缚李靖。

殷氏夫人迷离恍惚，如堕烟海，大声疾呼："放开老爷！放开老爷！拿取令箭，放走姜子牙，是我一人所为，这不关别人的事！要抓，要杀，冲我来吧！"说罢，抱住李靖，死死不放。

那虎将龇牙咧嘴，嘿嘿一笑："看来，你夫妻二人，如影随形，难分难离。好，我就成全你们，一同去见天子！"说罢，指挥军士，将李靖夫妇绳缠索绑，捆缚拴牢，解往皇城。临走，放一把大火，烧了帅府。

却说金、木二吒，跑到军中大牢，仔细一看，果然姜子牙已无影无踪。二人又急忙折回帅府，欲报知父帅。谁料，府中火焰四起，烟雾缭绕。兄弟二人连声喊叫，奔进府门，前厅后房，屋里屋外，寻找一遍，就是不见父母身影。二人火烧火燎，万般无奈，冲出火海，四下呐喊："快救火呀！快救命呀！"

城中军民，闻听喊叫，一传十，十传百，男女老幼，一齐出动，赶来扑救。本来，哪吒因放姜子牙过关，见父亲折断令箭，神魂颠倒，要寻死觅活，觉得后果不妙，便决定去皇城面见纣王，仗义执言，代父受过。不料，走在

122

半路，望见陈塘关，烈烈火光，映红夜空。待返回关来，方知父母已被抓去，帅府毁于一旦。

哪吒正伤心落泪，前来救火的老孙头，劝他不要难过，说："只要陈塘关的山不倒，水还流，就有你哪吒的吃穿！"

老孙头的孙子黑虎拉住哪吒，说："好兄弟，别犯愁。往后，俺的家，就是你的家。你教俺练习武艺，俺陪你下海捕鱼。你说，好不好？"

哪吒噙着泪花，谢过祖孙二人，道："昏君纣王，有眼无珠，仗势欺人，决不饶他！"

这时，金、木二吒，一齐赶来，指指画画，你一言，我一语，埋怨道："就你多管闲事！父母性命，眼看被你葬送！如今家破人亡，看你再逞能！"

哪吒泪眼汪汪，一抽一泣，道："父母双亲，含辛茹苦将我兄弟养大，实在不易。如今被朝廷拿去，凶多吉少，我怎不心急如焚？二位哥哥，纵然怪上千遍万遍，也无济于事！常言道，救命如救火。令箭，是我拿的；众人，是我放的，跟父母没有牵连。一人做事一人当，你们等着吧，我去皇城救出父母！"

金吒一听，急忙说道："你单枪匹马，独自前往，不知是凶是吉，叫人放心不下。"

木吒随声附和道："依我说，不去便罢，要去同去！若有三长两短，也好互相照应。"

老孙头见兄弟三人争执不下，急得一脸核桃皱纹淌出汗水，情真意挚地说道："俺粗人说粗话，搭救父母，义不容辞。既然如此，俺也不敢挽留三位公子。待阖家团聚，你们同回陈塘关，若不嫌弃，就住到俺的茅舍，暂且遮蔽风雨。等到农闲时节，俺百姓出工出力，帮你们重建家园。"

"老爷爷！"哪吒恭恭敬敬施礼道，"您老一片诚意，我们兄弟领情。但此去皇城，山重水复，是吉是凶，实难断定。老爷爷多多保重，咱们后会有期！"说罢，念动咒语，与金、木二吒驾起祥云，腾在半空，飞往皇城。

再说李靖夫妻，一到皇城，就被拿送九间殿，听候纣王临朝问罪。

文武百官，云集大殿，忽听钟鼓齐鸣，齐齐跪下，高呼万岁！在保驾官护卫下，纣王摇摇晃晃，登上宝座。

文武各班，朝贺已毕，诚惶诚恐，分立两旁。烟气缭绕中，李靖夫妻跪伏在地，凄凄惨惨，愁怀万缕。

纣王横眉怒目，扫视一遍，把目光投在李靖身上，厉声喝道："叛贼李靖，你暗通姜子牙，放叛民过关西逃，你可认罪？"

李靖伤心切骨，有口难辩，老泪纵横，低头喊冤。

武成王黄飞虎站在一旁，催道："李总兵，快认了吧！"

李靖泪如雨下，声若洪钟："纵死，岂有冒认之理？"

纣王大怒，命人将李靖拿出午门，用金瓜击死。当驾官领旨，上前抓住李靖脖领。殷氏夫人一把扯住当驾官，指着纣王，怒骂道："好一个昏君！你有眼无珠，凭空冤枉好人！那朝中令箭，明明是被我拿去，姜子牙与父老民众才得以逃过难关。此事，与我家老爷毫不相干！要杀要砍，由我承担。若冤枉老爷，天地难容！"说罢，往后一闪，一头撞在盘龙石柱上，顿时昏死在地。

纣王被骂个狗血喷头，不仅没恼，反而眉开眼笑，死死盯住殷氏夫人，见她清秀美丽，颇有姿色，顿生邪念，当即吩咐保驾官，速将殷氏夫人送入宫中。

保驾官刚把殷氏夫人抬走，李靖料知不妙，真想拿出金塔，当众烧死昏君，无奈双手反剪，绑缚牢固，不得如愿，只有嘴巴还能讲话。于是，怒发冲冠，大骂纣王："昏君无道！成汤锦绣天下，被你断送！看你死后，有何脸面去见先王？"

纣王脸色一变，头上的冕旒玉串一抖，怒道："拖下叛贼，午门斩首！"言罢，拂袖而去。

李靖明知死日已到，百无忌惮，放开喉咙，破口大骂："昏君无道！昏君无道！"

武成王黄飞虎一声令下，命御林军士推出李靖，暂禁牢狱，待午时行刑开斩。满朝文武见李靖宁愿一死，也不肯屈招，不免议论纷纷。

姜子牙率众过关，消息不翼而飞。都城军民，三三两两，在街头巷尾，交头接耳，暗暗为陈塘关李总兵担忧。果不其然，天子怪罪下来，要将李靖处死，黎民百姓闻知此讯，奔走相告。一些壮士，愤愤不平，拿上棍棒，要去劫狱。

正在这时，哪吒兄弟三人走来，问明情由，一齐拦住壮士，施礼拜谢。

领头壮士，浓眉大眼，愤然说道："李总兵冒着杀身之祸，搭救俺百姓性命。如今他身陷囹圄，俺们不能无情无义，拼死也要搭救！"

哪吒道："纣王权大势大，不可小看他。事到如今，有勇无谋，反倒坏事。壮士兄长，请收起棍棒，待我兄弟前去探明虚实，再与诸位相商。"

领头壮士笑道:"好,你们劫了法场,俺们在外接应!"

骄阳当空,已近午时。哪吒双脚踏起风火轮,手执火尖枪,腾空而起。金、木二吒也念动真言,踏上祥云,跟在哪吒左右。行至午门,朝下一看,只见人影幢幢,剑戟森森,刀枪林立,寒光闪闪。一名囚犯被绳缠索绑,悲悲切切,跪伏在地。哪吒见此情景,大吃一惊,急忙招呼二位哥哥,一齐落在午门箭楼,仔细观望。

一名将官走到监斩台前,向武成王黄飞虎报说:"万事俱备,只等开斩。"

武成王黄飞虎走下监斩台,来到李靖身旁,缓缓说道:"李靖!以往,你我俱是一殿之臣,也算有几分交情;今日,你死期已到,我虽然爱莫能助,但你有何话说,不妨对我一讲。"

李靖心肝欲裂,泪如泉涌,轻轻摇头,默默无语。

武成王又连问两声,李靖才仰面呼叫起来:"夫人!你在哪里?哪吒!记住杀父之仇……"

武成王黄飞虎大失所望,长叹一声,回到监斩台,宣过刑旨,喝令劈斩。

刀斧手得令,双手举刀,正要砍向李靖,忽见乾坤圈从半空砸下,不偏不斜,正中刀背,当的一响,断作两段。刀斧手一惊，扑通一下，吓倒在地。众人正大惊失色，突然又飞来七尺混天绫，如云如霞，飘飘荡荡，将武成王黄飞虎裹下监斩台。接着，又见一英俊少年，踏着风火轮，在半空中，挟雷拽电，来回奔驰。顷刻间，刑场大乱，一个个失魂丧魄，推推拥拥，丢盔卸甲，纷纷逃命。

李靖紧闭双眼，昏晕倒地。哪吒落下风火轮，口中念念有词，背起父亲，腾云驾雾，飞出皇城。金、木二吒随后跟来，小心翼翼，左右保护。

父子四人，风驰电掣，不到一个时辰，已进西岐地界。眼前是金鸡岭，日照香炉，紫烟袅袅，绿树红花，百鸟啾啾。哪吒心中暗喜，收住云头，落在山崖。他见父亲口干舌燥，便捧来清泉，给父亲喝了两口。李靖迷迷糊糊，睁开双眼，定睛一看，只见三个孩子围在身边，不觉伤心落泪，悲叹夫人命苦。随后，将夫人如何被纣王拿去，哭诉一遍。兄弟三人听了，一齐掉下泪来。李靖更是长吁短叹，痛不欲生。

哪吒含泪安慰道："父亲，不必忧伤！你们先到西岐，去找姜师叔，他自有安排。孩儿返回朝歌，救出母亲！"

李靖也不阻拦，只嘱咐哪吒速去速回，千万当心。哪吒牵念母亲，痛恨纣王，念动咒语，驾云而去。

李靖见哪吒凌空飞去，这才与金、木二吒离了金鸡岭，翻山越水，步行七十里，来到西岐城。父子三人走在街上，只见家家张灯，户户结彩，人来人往，笑逐颜开。一家店铺门前，围着一群童男童女，正欢天喜地唱道：

渭水河畔柳青青，

高山流水遇知音，

文王三请姜太公，

凤鸣岐山天地新……

李靖洗耳恭听，一不留神，绊倒在地。这时，有二位壮士立刻将他扶起。李靖忙施礼道谢，壮士还礼笑问："看样子，你们是初来乍到吧？"

李靖点头道："正是。请问二位壮士，这姜太公，莫非就是姜子牙？"

其中一位壮士笑道："不错，不错！姜子牙是个怪人，曾扮作渔夫，隐于磻溪，执竿垂钓，线上拴针，直而不曲。有人问他：'你这针，为何不弯成钩，挂上香饵钓鱼？'姜子牙回答：'宁在直中取，不在曲中求。'你说怪不怪？"

另一壮士嘿嘿一笑，接过话茬，说道："怪是怪，可姜子牙是人中豪杰，当今贤人。他朝朝暮暮坐于绿柳之下，望着滔滔流水，作歌取乐，低眉吟唱：'我本东海许州人，洗耳不听亡国音；而今稳坐钓鱼台，日久才辨假与真！'三唱两唱，传到文王那里。文王如获珍宝，接连三次，驾临溪边，以礼相聘，拜子牙为相。"

李靖闻听，拊掌惊叹！真没想到，这八十老翁大器晚成，扶摇直上，一步登天。想当初，姜子牙率众过关，致使我李靖妻离子散，险些丧了性命。幸亏哪吒搭救，才幸免一死。今天，来到西岐，人地两生，只有投奔姜子牙门下，暂且安身立命，待哪吒救母归来，再做商量。想到此，便探问二位壮士，姜丞相现住何处？二位壮士一怔，齐声问道："你们认识？"

金、木二吒见父亲不言语，便回答一句："说来，也有一面之识呢！"

二位壮士细细一瞅，见金、木二吒面熟。一个惊讶道："这二位兄弟，好像在哪里见过？"一个惊喜道："对！在陈塘关军中大牢，便是这二位兄弟把守！"

金吒一愣，噤若寒蝉，不敢作声。

木吒一惊，如梦初醒，倒身便拜："二位兄长，恕罪！恕罪！"

二位壮士连忙扶起木吒，异口同声道："不敢当！不

130

敢当！姜子牙常说，顺顺当当过了陈塘关，还多亏哪吒兄弟从中搭救呢！你们一家舍生取义，此恩此德，铭记不忘！万没料到，今日在此巧遇贵客，真是喜事一桩。快随俺们去见丞相，他定会大喜过望！"说罢，前面引路，穿街过巷，来到相府，报知姜丞相。

李靖父子三人，一见姜尚银须白发，风骨峭峻，笑脸相迎，慌忙上前叩拜。姜子牙喜不自禁，先扶起李靖，又拉起金、木二吒，请三人落座叙话。

转眼间，二位壮士端来酒菜，请李靖父子欢饮。李靖虽饥肠辘辘，望着酒菜，神思恍惚。

姜子牙心生狐疑，笑道："李将军！这西岐酒以豌豆花、红高粱为原料，配金鸡甘泉，精工酿造，醇和绵甜，余香绕梁。将军海量，岂能醉倒！"

李靖闻到酒香，何尝不想饮上几杯？可一想到，当初在陈塘关，因一时贪杯，酩酊大醉，结果酿出大祸。常言道：酒逢知己千杯少，话不投机半句多。我大难不死，谁料鬼使神差，今日却撞在冤家手里。尽管你姜子牙待我亲同手足，可你葫芦里卖的什么药，谁能知道！再说，夫人生死未卜，哪吒救母未归，纵然是琼浆玉液，珍馐佳肴，我也难以下咽。正凝神思虑，忽见姜子牙举起酒杯，说声："李将军，请！"

李靖急忙站起身来，赔笑道："蒙丞相错爱，这酒万万饮不得！"

姜子牙耸目一笑，道："俗话说，有其父必有其子。依我看来，你并非爽快之人。不是我偏爱你家三公子哪吒，他所作所为，乃是大将气魄！"

"唉！"李靖长叹一声，"初生牛犊不怕虎。那小孽障乘我酒醉之机，窃去朝中令箭，放众人过关。待我醒来，已是人去牢空。朝廷降旨，将我夫妻捆缚皇城问罪。夫人殷氏仗义执言，挺身而出，承担罪名。可恨纣王，一意荒淫，见殷氏颇有姿色，便命人送到宫里。我忍无可忍，怒骂昏君无道。纣王狼心狗肺，下令将我斩首示众。若不是哪吒及时赶到，我便命归九泉。"言罢，眼中落泪，悲伤叹息。

姜子牙听罢，不禁悲痛心酸。如此结局，他早已料到。回想以往，你李靖逆来顺受，唯命是听，倘若不遭此厄运，怎会醒悟？人生一世，祸福难料。何况，你李靖来到西岐，如龙归大海，虎复深山，自有驰骋用武之时。想到此，便劝慰李靖把心放宽，静候哪吒佳音，并即刻奏报文王，封了李靖父子官职。

李靖见姜子牙心地光明，品行高洁，满腹疑团，顿时烟消云散。

李靖父子三人，日盼夜思，望眼欲穿。不见哪吒归来，怎不牵肠挂肚，心怀悬念？

其实，哪吒寻母救母，更是心急如火。他一连几天，寻遍皇城，都没见到母亲的影子。一日，哪吒来到午门之外，徘徊观望，忽见一队御林军士，押着两个少年，直奔午门刑场。直到武成王黄飞虎宣布了罪状，哪吒才知道，这原是东宫太子和二殿下，哥哥殷郊，弟弟殷洪。因母亲姜皇后被妖婆妲己设计害死，兄弟二人提剑进宫，刺杀妲己，不料刺在纣王身上。纣王大怒，降下圣旨：立斩二个逆子。

真情大白，原来如此！哪吒望着二人，肃然起敬，暗暗赞叹：好，好！要是我，也得这么干！可惜，你二人有勇无谋，一时莽撞，反遭祸患。事到如今，覆水难收，眼看开斩，救命要紧。于是，哪吒念动真言，喷出一道黑光，刹那间，电闪雷鸣，乌云翻滚，飞沙走石，天昏地暗。武成王趴在地上，用袖掩面，御林军士抱作一团，屁滚尿流。哪吒飞身上前，一手拉着殷洪，一手拽着殷郊，疾步奔走。到了城外河边，见一群壮士提棒而来，哪吒上前说明真情。那些壮士认识哪吒，二话不说，连忙脱下粗布衣衫，披到殷郊兄弟身上。然后，说说笑笑，簇拥着二位太子，投奔西岐去了。哪吒踏起风火轮，又进城寻母。

再说武成王黄飞虎睁眼一看，殷郊、殷洪已渺无踪影，便慌慌张张地进宫奏报。纣王闻听太子失踪，龙颜大怒，大骂武成王黄飞虎不忠不义，不仁不德。随即掷出尚方宝剑，当啷一声落在武成王跟前。武成王黄飞虎大惊失色，不寒而栗，两行老泪，簌簌流下。

文臣武将中，有同情武成王黄飞虎的，冒着一死，向纣王求情。纣王正进退两难，忽见妲己从身后闪出，躬身拿起宝剑，送到纣王手中，半嗔半笑道："陛下！真是聪明一世，糊涂一时。殷郊、殷洪二位太子，是陛下亲骨肉，怎肯将他们斩草除根？武成王倒是个明白人，他纵有斗胆，也不敢斩断陛下父子情义！太子既已失踪，也是命大福大，何必怪罪臣下？"

妲己这番话，果真见效。纣王听了，眉开眼笑，怒气顿消。武成王谢过赦命之恩，战战兢兢，与众人退出宫中。妲己似笑非笑，拉住纣王，柔情蜜语道："陛下！武成王居心叵测，前者放走李靖，今日太子失踪；我真担心，久后祸患无穷！"

纣王愣了神，觉得莫名其妙，问道："方才，朕要治罪于武成王，你为何从旁劝谏？"

妲己附耳低语："你真糊涂！黄飞虎与闻仲本是陛下左膀右臂，他若被当众处死，朝廷内外，顷刻大乱。为稳住满朝文武，与其明枪伤人，不如暗箭射死。"

纣王恍然大悟，哈哈一笑："这就叫明枪易躲，暗箭难防！"

元旦佳节这一日，文武百官，携同眷属，陆陆续续，进宫朝贺。武成王夫人贾氏，容貌端丽，国色天姿，纣王早就垂涎三尺。妲己与纣王耳语一阵，随后，贾氏夫人登上摘星楼，命宫女凤儿和娥儿，摆下酒席。妲己笑道："姐姐一年难得进宫一次，今日喜逢佳节，你我姐妹欢饮几杯。一来叙咱姐妹之情，二来为黄将军压惊。"

贾氏夫人不敢不依，正要饮酒，忽见奉御官急急忙忙来报："陛下驾到！"

贾氏夫人闻声，慌忙离席，又惊又怕，束手无措。妲己莞尔一笑，用手一指栏杆，道："姐姐，先到那边躲一躲吧！"

贾氏夫人移动莲步，走到九曲栏边，朝下一望，只见坑内，蛇蝎狰狞，骷髅白骨，堆堆垛垛，触目惊心；酒池之中，悲风凛凛；肉林之下，寒气森森。不看便罢，看上一眼，便心惊肉跳，毛骨悚然！贾氏夫人回过头来，惊问一声："娘娘，这楼下的坑穴，池沼，有何用场呢？"

姐己冷笑一声，道："不瞒姐姐说，这酒池和肉林，还是妹妹我出的主意呢！朝中文武，宫娥嫔妃，谁若触怒天子，就送入坑穴，与蛇蝎为伍。"说罢，转过身去，迎接纣王。

这时候，纣王已经上了楼台，瞥了贾氏夫人一眼，见她果然姿态妖媚，容貌冠群，顿觉心荡神迷。贾氏夫人正心慌意乱，无地自容，猛然回头，见纣王醉眼淫猥，不怀好意，立时心乱如麻，连忙以袖遮面。

自古道，君不见臣妻。谁知纣王脸皮厚，凑上前去，动起手脚。贾氏夫人躲躲闪闪，一气之下，抓过酒杯，狠命砸在纣王脸上！骂道："无耻昏君！你与姐己，设下圈套，欺辱臣妻，死有余辜！今日，我……我……跟你以死相拼！"说着，一头扑来，撞在纣王身上。纣王倒退一步，恼羞成怒，一把揪住贾氏夫人云鬟，往后猛地一操，可怜武成王夫人，一声惨叫，掉进蛇蝎坑穴……

两个宫女见此情景，一个急忙飞身下楼，一个慌忙躲到楼角。

妲己做贼心虚，左顾右盼，装模作样喊道："天哪！有人跳楼啦！有人跳楼啦……"

喊声隐隐约约传到武成王黄飞虎耳朵里，他三步并作两步跨出大殿。宫女凤儿慌慌忙忙，迎面跑来，连声喊道："黄将军！大事不好啦！"

武成王忙问："何事惊慌？"

凤儿将纣王如何调戏贾氏夫人，夫人又如何被推下楼台，诉说一遍。然后，哭叫一声："娥儿，姐姐先走一步！"飞身跑到殿前，两眼一闭，一头撞到石狮上，顿时丧命。

武成王黄飞虎一听夫人被害，犹如天雷击顶，头昏脑涨。他仰望苍天，怒冲霄汉，老泪纵横，愤然叹道："昏君无道，天怒人怨！此仇不报，死不瞑目！"他强压怒火，迈开双脚，踉踉跄跄，离开皇宫。回到元戎府，率领上千人马，杀来午门，要报仇雪恨。

恰在这时，哪吒踏风火轮赶来，闻听武成王指名道姓，大骂纣王，不禁暗暗欢喜，停在半空，喊道："黄将军！你也有今天的下场？"说罢，躲到午门箭楼，居高临下，且看那龙虎如何相斗……

第八章

母子深情

贾氏夫人被纣王推下楼台，掉进蛇蝎洞穴，顿时气绝人亡。纣王后悔不及，一时懊恼，摇头叹息。他万万没有料到，妲己为报私仇，不顾礼义纲常，特意设下圈套，以此逼反黄飞虎。

　　西宫娘娘黄妃，本是黄飞虎之妹，闻听差官报说嫂嫂坠楼而死，不禁泪流如注，立刻赶到摘星楼上，怒指纣王骂不绝口。又见妲己坐在一旁，赶上前去，将她一把拖翻在地，手起拳落，噼里啪啦，痛打一顿。妲己虽是妖怪所变，但纣王坐在上面，她就是有天大本事也不敢施展出来，只是连连叫道："陛下救命！陛下救命！"

　　纣王自知心虚理亏，忙劝解道："娘娘住手！你嫂嫂饮酒醉倒，坠楼而死，与妲己无干。"

黄妃怒骂纣王："好昏君！我嫂嫂被贱人陷害身死，你还替她遮掩！我要打死这贱人，与嫂嫂偿命！"说着，回手一拳，纣王急忙拦挡，误打在纣王脸上。纣王盛怒之下，一手抓住黄妃后鬓，一手抓住裙带，猛然将她提起，摔下摘星楼，黄妃一声惨叫，便粉身碎骨，血溅楼台。

纣王见黄妃已死，便扶起妲己，正待下楼，忽见当驾官跑来奏报："陛下！黄飞虎反了，现在午门邀战！"

纣王一听，大惊失色，不禁暗暗叫苦，叹道："这黄氏一门，乃七世忠良，享国恩两百余年。难道为一个女人，他武成王会叛乱造反？"

这时，又有一员武将，匆忙奔来，急奏："陛下！黄飞虎鸣锣击鼓，指名道姓，大骂陛下……"

"好一个逆臣叛贼！"纣王大怒，回头对妲己埋怨道，"昨日放走殷郊、殷洪，朕就想拿他问罪。都怪你为他讲情！没想到放虎归山，竟招来今日萧墙之祸！"

妲己嫣然一笑，道："陛下！明白人不说糊涂话，聪明人不做腌臜事。黄飞虎贵为镇国公，官居三军统帅，牵一发而动全身，你若当众杀掉黄飞虎，必然众叛亲离。依妾之见，不妨从长计议，将那些叛将逆臣，一个一个地斩草除根。今日摘星楼上，妾略施一计，谁知陛下一见贾氏夫人，便迫不及待，垂涎三尺……"

纣王满脸羞愧，一阵红，一阵白，连连嗟叹："事到如今，如何是好？"

妲己笑道："如今，既然黄飞虎恩将仇报，谋反作乱，陛下何不亲自将他拿来，斩首示众！"

纣王转怒为喜，仰天大笑道："好，好！就依美人之言！朕亲自上阵，取来黄飞虎的首级，来与美人取乐。"

妲己受宠若惊，故作媚态，笑道："上天保佑陛下，定能旗开得胜！"

纣王喜形于色，急忙回宫，披挂整齐。头戴冲天盔，身穿金锁甲，扣就连环，拴牢护心镜，手提斩将刀，骑上逍遥马，点三千护驾御林军士，耀武扬威，杀出皇宫。来到午门，纣王怒火万丈，指着黄飞虎骂道："你这逆贼！还不快来送死！"

黄飞虎一见纣王，气冲牛斗，高声大骂："昏君纣王！你与妲己设就圈套，害死我家夫人，未免欺人太甚，丧尽天良！今日，君逼臣反，臣不得不反了！"一边说着，一边催动五色神牛，向纣王咽喉猛刺一枪。

纣王慌忙闪身，用刀架住，怒骂道："逆臣黄飞虎！你身为镇国公武成王，不思报效君王，竟敢图谋叛乱，褒渎天子！你罪恶昭彰，定斩不饶！"说罢，抽回斩将刀，怒目圆睁，一刀劈向黄飞虎。

黄飞虎挺枪拨开，左刺右挡。纣王又施展刀法，如狼似虎，猛砍猛劈。君臣交锋，龙争虎斗，直杀得翻江倒海，天旋地转。二人交战三十回合，刀枪相撞，不分胜败。

这场恶斗，惊动了哪吒。此时此刻，他正躲在午门箭楼上，望着君臣拼杀争斗，不禁暗暗叫好。哪吒边看边想：这昏君纣王惨无人道，真比东海龙王还坏！今日若撞在我哪吒手里，非剥掉你一层皮不可。武成王啊，武成王！你身为三军统帅，怎么连一个纣王也杀不过呢？我哪吒有心助你一臂之力，可你报的是杀妻之仇！如果纣王害死那平民百姓，你还敢不敢起来造反？敢不敢置纣王于死地？常言说，画人容易画鬼难，知人知面难知心。是真是假，是善是恶，待我看个明白，千万不可鲁莽，免得招是惹非，误了我寻救母亲的大事。想到这里，哪吒沉住气，纹丝不动，接着往下看热闹。

黄飞虎与纣王枪刀相对，一个刺得狠，一个劈得凶；一个挑得快，一个挡得急。二人枪来刀架，刀来枪拨，一个似猛虎下山，一个如蛟龙闹海；一个骂声连天，一个怒冲霄汉。二人连杀五十回合，纣王已筋疲力尽，只有招架之功，无有还手之力。黄飞虎不愧将帅风度，越战越勇，越杀越猛，乘纣王拨马退败时，大喊一声，冲杀上去，一枪戳到纣王后背，只听哗啦啦一阵响，纣王的护心镜立时被戳个粉碎。纣王哎哟一声，拍马逃进午门。御林军士见天子败下阵来，一哄而散，狼狈逃窜。

黄飞虎吼叫一声："昏君纣王，看你往哪里逃！"一拍五色神牛，追杀过来。御林军士见势不妙，咣当一下，将两扇大门关闭。来不及逃命的军士，见武成王杀红了眼，吓得屁滚尿流，纷纷投降。

武成王没拿到纣王，心中愧悔，叹道："君子报仇，十年不晚！"随即掉转五色神牛，带领三千人马，杀出皇城西门，不知奔往何处去了。

哪吒眼见纣王死里逃生，却为武成王提心吊胆，他想：论武艺，你武成王强过昏君百倍，可你为何不一枪戳死他呢？难道你不清楚，纣王权大势大，只要一声令下，倾巢出动，张开天罗地网，你武成王纵然跑到天涯海角，也难逃出魔掌。不过，你今日总算灭了纣王的威风，倒也叫人痛快。纣王将我母亲凭空拿去，至今下落不明，我与昏君结下不共戴天之仇，不妨先给他一点颜色，叫他也知道我哪吒的厉害。想到此，取出隐身符，贴在胸前，念了秘诀，驾起云雾，腾在半空。

纣王逃回殿前，正待下马，突然冲天盔被人摘走。他心里一惊，跌下马来，大叫一声："有贼！有贼！"

御林军士惊慌万状，四下寻找，不见冲天盔落在何处。

原来，哪吒飘到皇宫，取下纣王的冲天盔，扣在自己头上，摇摇晃晃，哈哈笑道："喂，昏君！你瞧，冲天盔在小爷头上哪！"

纣王闻听，抬头观看，只见冲天盔在半空晃动，顿时毛骨悚然，失声叫道："有鬼！有鬼！"说着，双手抱头，趴倒在地。

哪吒已变作隐身人，他在半空，别人只听到声音，却不见人影。御林军士中，胆小的，丧魂落魄；胆大的，东张西望；有几个精壮军士，见纣王浑身筛糠，瑟瑟发抖，便七手八脚，急忙将他架进深宫。

哪吒驾着云头，又飘到午门之外，望见一班文武官员，正候旨朝见纣王。哪吒放声笑道："各位文武大臣！哪吒在此，快快叩拜！"说着，嗖的一下，将冲天盔摔在众人面前。

文武官员见空中落下一物，低头细看，原是纣王的冲天盔！顿时，面面相觑，惊骇不已。

哪吒收住云头，念了现身秘诀，又躲到午门箭楼上。放眼宫廷，只见殿宇巍峨，重檐飞阁，鱼珠脊顶，碧瓦生辉，玛瑙砌就栏杆，宝石妆成栋梁。大殿正中的平台上，立着纣王塑像，身高数尺，穿双龙华衮，手捧玉圭，头戴金冠冕旒，目光淫邪，面容狰狞，令人憎恶。哪吒心想：当初在陈塘关，有人偷偷给我塑了神像，惹得父亲大动肝火，几乎招来杀身之祸。后来，被我打碎，父亲才饶我一命。没想到，你这等昏君，远贤近佞，荒淫酒色，眼见刀兵四起，生灵涂炭，竟无动于衷，却厚着脸皮，站在平台之上，装模作样，供人膜拜，真是不知羞耻！

不觉天已黄昏，百鸟纷纷归林。哪吒抬头一看：一轮银盘，升在半空。月里嫦娥，笑脸盈盈，仿佛在问："喂！哪吒，你可寻到母亲？"

哪吒心里一酸，两行眼泪，似断线珍珠，簌簌滚落。哪吒忽然想起，母亲讲过嫦娥奔月的故事。那嫦娥虽然住在广寒宫，却希望人间人人都能快乐。月亮时圆时缺，是她在时常提醒人们注意：月满则亏，自满则败。这话说得多好啊！前者，我哪吒大闹龙宫，降伏了敖光；如今，我哪吒又遇到纣王暴虐，岂能叫他为非作歹？我要记住嫦娥的告诫：月满则亏，自满则败。想到此，哪吒擦干眼泪，望着月亮娘娘，喃喃自语道："嫦娥，母亲现在何处，我还不曾寻到。待你路经西岐时，请转告父亲一声，就说，我哪吒不救出母亲，决不离开皇城！嫦娥，你听清了吗？"

月里嫦娥依然笑脸盈盈，仿佛在说："哪吒，放心！我一定把信捎到。不过，你千万别急，你们母子定会团圆！"

月轮转动，冉冉上升，穿云破雾，疾驰而行。哪吒怕耽误嫦娥赶路，心里说声："多谢嫦娥！"便下了箭楼，来到皇宫。

殿宇森森，银烛辉煌。哪吒寻遍琼宫瑶室，绣阁兰房，不见母亲踪影。只有宫娥美女，前遮后拥，熙熙攘攘，进酒添香。哪吒心里骂道："呸！昏君纣王！只知道寻欢作乐，难道就不想一想，午门一战，叫人家戳碎了护心镜，被杀个落花流水，险些死在武成王手里！好，既然如此，我哪吒也叫你痛快一下！"

云遮雾蔽，月色朦胧。哪吒回到大殿前，踏起风火轮，升在平台半空，手握乾坤圈，朝纣王塑像狠狠砸下。只听哗啦一响，金冠冕旒，碎成八瓣，散落在地。有三五个宫女，恰巧走过殿前，闻听声响，以为天崩地裂，吓得喊爹叫娘，甩掉香炉酒觞，慌里慌张地抱头逃进宫里。

纣王见宫女面如土色，忙问："何事惊慌？"

领班宫女跪奏道："陛下，实不相瞒，大殿半空突然响起山崩地裂之声，奴婢疑是闹了地动，故此心慌意乱。"

纣王听罢，不禁愕然。暗暗思忖：若是大殿前闹了地动，难免波及深宫。可是，只见皇室银烛摇曳，却没察觉宫闱晃动。既然如此，便传下令旨，命御林军士前往察看。

一班御林军士，手执刀剑，挑着宫灯，来到大殿，四处查找蛛丝马迹。突然，一名军士绊倒在地，用手一摸，捡到一块破碎金冠，惊叫一声："啊呀！祸事不小！"

众军士蜂拥而上，围在灯前，你抢我夺，争着要看。不看则已，这一看，一个个大惊失色，魂不附体。

御林军士将十来盏宫灯晃来晃去，往平台上一看：纣王的塑像脑袋已荡然无存！众人惊呼道："这地动，震得奇怪！为何单单震碎了陛下的头像？"

御林军士提心吊胆，回到深宫，奏报纣王。纣王一听塑像已被震碎，颓然叹道："此乃不祥之兆！"

妲己一旁劝慰道："陛下，不必忧虑！待鹿台建成，令天下能工巧匠，为陛下造一座金像，高达数丈，顶天立地，千秋万世，威震四方！"言罢，忙为纣王斟酒压惊。

再说哪吒，打碎纣王头像，心里十分痛快。他倚在殿前石狮旁，忽听阵阵仙乐隐隐传来。微微清风，令人沉醉……

哪吒想到母亲生死不明，顿感万箭钻心，恨不得立时擒到纣王，一圈打死，方解心头之恨！纣王啊，昏君！你叫我母子离散，何日才能得以相见？我父亲本是一员骁将，守关隘，保江山，赤胆忠心。只因姜子牙率众过关，我与母亲助了一臂之力，此事与父亲毫不相干，你却糊里糊涂，大发雷霆，大动干戈，欲将我父亲斩首示众。若不是我哪吒赶来皇城及时搭救，父亲就刀下丧生！我母亲乃是贤妻良母，温良恭谦，慈祥和蔼，与人为善，誉满陈塘关。这么好的人，你都不肯放过，竟抓到皇城问罪，真是蛇蝎心肠！昏君啊，纣王！别看我哪吒年纪小，玉皇大帝我不怕，龙王老爷我敢斗，难道不敢同你较量吗？实话实说，今日不救出母亲，与你血战到底，誓不罢休！哪吒想着想着，不禁怒气冲天，立刻踏上风火轮，飘飘荡荡，晃晃悠悠，直奔后宫皇室。

哪吒闯进深宫，抛出金砖，打碎盏盏银烛，顿时漆黑一团。

此刻，纣王正与妲己传杯欢饮，忽见灯烛齐灭，以为又是地动，惊慌之中，大喝一声："来人哪！"

哪吒声音铿锵，朗朗应道："纣王！我来啦！"随即一个鹞子翻身，扑到纣王跟前，死死掐住他的脖颈，怒喝一声："快说！将我母亲关在哪里？"

纣王干瞪着两眼，什么也瞧不见！伸出双手乱抓乱摸，只听稀里哗啦，叽里咕噜，桌案上的杯、盏、碟、碗，还有寿桃、龙眼、枇杷，以及兔丝、熊掌、猩唇、驼蹄，龙凤珍馐，琼浆玉液，被他一股脑儿打翻在地。纣王声嘶力竭，喘着粗气问道："你……你……你是何人？"

"我是哪吒！我是哪吒!!我是哪吒!!!"在漆黑的皇宫里，只听到一个声音在轰响，在回荡……

纣王心惊肉跳，浑身哆嗦，道："哪个哪吒？朕不曾听说过呀！"

哪吒掐一下，说一声："实话实说，我就是陈塘关李总兵第三子哪吒！就是大闹龙宫降伏龙王的哪吒！就是开关放走姜子牙的哪吒！就是在午门抢走李靖的哪吒！就是在刑场上救出两位殿下的哪吒！就是摘掉你冲天盔的哪吒！就是打碎你塑像脑袋的哪吒！"

纣王听一句，啊一声；被掐一下，哟一声。妲己听到左一声啊，右一声哟，心里也不是滋味，就冷笑一声，道："我说哪吒呀！你无法无天，竟敢凌辱天子，该当何罪？"

　　哪吒哈哈笑道："你这妖婆，也配说话？我问你，你们既然有法有天，为什么连八十高龄的姜子牙都想害死？为什么连殷郊、殷洪二位殿下都想处死？为什么连清白无辜的李总兵都想斩首？为什么将武成王的亲眷推下楼台？你们想一手遮天，以法压人，只许你们放火，不许百姓点灯，办不到！办不到！"说着，摁住纣王，又狠狠掐了几下。

　　纣王吭哧吭哧，上气不接下气，心里十分懊恼，后悔当初不该错传圣旨，冤枉了李靖。他想，白天与武成王交战，护心镜被戳了个粉碎，险些丧掉性命；如今哪吒又从天而降，摘掉朕的冲天盔，砸碎朕的头像，已属十恶不赦！不料他又大闹皇宫，眼看朕老命难保。这……这如何是好？纣王无奈，歇斯底里，拼命呼叫："妲己……美人……救命……"

　　妲己闻声，如坐针毡。她想，见死不救，于心何忍？变个妖术，降伏哪吒，又恐在纣王面前露出马脚，现了原形。对，还是从长计议，决不因小失大，暴露真相。况且，这小小哪吒，天马行空，独来独往，也绝非凡夫俗子，岂能掉以轻心？不妨稳住哪吒，先救下纣王性命，再设计谋。想到此，妲己阴阳怪气地道："我说哪吒呀！你千万别冤枉陛下，他可是举世无双的明君。怪只怪，朝中文臣武将，欺下瞒上，谎报军情。就说姜子牙吧，谋叛朝廷，本当治罪，可是陛下见他年迈苍苍，便降旨叫他去养老。谁知这老滑头恩将仇报，偷偷率领上千军民，过陈塘关，投奔西岐去了。听说这老朽，如今当上了丞相！你说，这不是因祸得福吗？陛下宽宏仁慈，怎会有害人之心呢？陛下身为一朝天子，为国为民，日理万机，即便有一丝一毫差池，也是一时疏忽。俗话说，金无足赤，人无完人。陛下一时糊涂，偏听偏信，将你父母拿来问罪，那也是误会。再说，李靖命大，被你救走，也算万幸。至于你母亲呢，她……"

哪吒急不可耐，打断妲己的话头，喝道："快说！母亲她现在哪里？"

妲己笑道："她来到皇宫，眼界大开，觉得比陈塘关好上百倍，向我苦苦哀求，愿意留在宫中听用。我见你母亲雍容端庄，娴雅文静，便大发慈悲，将她送入怡心宫，颐养天年。啊，你一定很想念你的母亲吧？好，我派人带你去，叫你母子从此团圆！"说罢，唤过贴身宫女娥儿，如此这般，吩咐一番。

哪吒终于知道了母亲的下落，不禁惊喜万分，随手放了纣王。抬眼一看，一个宫女提着宫灯，向门外走去。哪吒急忙跟了上去，随宫女而去。

纣王瘫倒在地，微微喘气。妲己上前附耳相告，道："陛下，受惊不小，委屈你了！妾已将那小孽障诓骗出去，你就放下心吧！"

纣王长叹一声："这孽障！迟早落在朕的手心，千刀万剐，方解此恨！"

再说，那宫女领着哪吒，七绕八拐，穿过九曲回廊，跨过十里长桥，钻进一片密林，才见一角宫墙。宫女拿手一指，便转身而去。哪吒飞身跑去，望见一块牌匾，镶嵌于宫门正中，上书三个镏金篆字：怡心宫。

啊，母亲！你当真就在这怡心宫吗？哪吒疑信参半，惊喜交加，跑上台阶，推门进宫，在淡淡烛影里，果然见母亲坐在床前，嘤嘤啜泣。哪吒痛心疾首，飞身扑来，连声叫道："母亲！母亲！"

殷夫人正抽抽搭搭，黯然泪下，一见哪吒到来，喜出望外，连忙张开双臂，将他抱在怀里，问道："我儿！你如何会找到这里来呢？"

哪吒眼含泪花，抬起头来，见母亲面容憔悴，云鬓蓬乱，心里一阵难过，便一面抽泣，一面说道："母亲！怪孩儿迟来一步，让你受了委屈。恨只恨昏君纣王，降旨将父亲斩首，幸亏我与二位哥哥赶到把父亲搭救出来，护送到西岐去了。为寻找母亲，孩儿夜晚闯进皇宫，打碎银灯，黑影里拿住纣王，要他说出母亲的下落。妖婆妲己怕我掐死纣王，便说母亲现住怡心宫，并吩咐一个宫女将我送到这里。"

殷夫人听罢，慌忙说道："我儿！这分明是妲己设计，欲擒故纵，先把你引开，然后再下毒手，叫我母子同归于尽！"

哪吒惊讶道："母亲！既然如此，何不将计就计，快快逃出这吃人的魔窟！"

殷夫人叹道："纣王将我打入冷宫，长久囚禁。待鹿台建成，便挖出我的心肝，祭天祭神。母亲肝肠寸断，也曾想过，与其等死，不如逃命。可又一想，我一个妇道人家，往何处逃呢？"

哪吒道："到西岐去，母亲，那可是个好地方，姜子牙在当丞相，爱民如子，百姓民众，亲如手足。母亲，咱们到了那里，与父兄朝夕相处，比在陈塘关还好呢！母亲，别犹豫了，夜长梦多，咱们快走吧！"说罢，背起母亲，走出宫门，一步一个台阶，慢慢地往下移动。哪吒想，别慌，千万不能摔着母亲。平时，哪吒踏风火轮，腾云驾雾，疾驰如飞，今日一步挪一个台阶，怎么老也走不到头啊！真急人！

哪吒走完最后一个台阶，正要寻路出宫，忽听宫里宫外，喊声震天："快抓哪吒！快抓哪吒！谁要抓到，天子重赏！……"哪吒一听，忙对母亲说："糟啦！我果然中了妖婆的诡计！"

殷夫人在背上催道："我儿！快放下母亲，你火速逃命去吧！"

哪吒安慰道："母亲，不必惊慌！孩儿不是那种忘恩负义之人，要走同走，要死同死，何况，孩儿自有办法救出母亲！"说罢，念了咒语，正待腾云驾雾，跃跃欲飞，忽见御林军士举刀杀来。哪吒一急，腾空飞起。不料殷夫人没防备，双手一松，滑落在地，立刻被御林军士抢走。哪吒在半空中喊道："母亲！母亲……"双脚用力一蹬，咔嚓一响，那石狮裂作两半。哪吒顿时惊醒，四下一看，无声无影，方知是梦。

三星高照，明月西沉。哪吒想到梦中情景，不禁暗暗落泪。他想，嫦娥一定把信捎到了西岐，父亲也一定会说："嫦娥！明天见面时，希望能带来哪吒的好消息！"是啊，假若明天我还寻不见母亲，再见到嫦娥时，我该说些什么呢？母亲啊，母亲！孩儿从心里喊你一千次，唤你一万遍，你可曾听见？也许，你独自一人，住在华丽宫殿，吃着珍馐美味，穿上团花云锦，观赏艺伎歌舞，聆听笙箫仙乐，可你毕竟孤孤单单，茕茕孑立，见不到亲人，心里该是多么寂寞，多么苦闷，多么忧愁啊！也许，你难以忍受不白之冤，或头撞东墙，含恨而死；或遇上好人，送你出逃，流落异乡；也许，也许……哪吒想着想着，忽然眼前一闪，一个人影猛然撞来。那人本是想撞石狮而死，不料却撞在哪吒胸前！那人哎哟一声，弹倒在地。

哪吒冷不丁被撞，十分恼火，怒喝道："大胆！什么人有眼不识泰山，为何撞在小爷身上？"

那人大惊失色，声音颤颤巍巍，道："奴婢有眼无珠，一时心慌，没想到撞在老爷身上。反正奴婢性命难保，就请老爷赐我一死吧！"

"你是何人？"哪吒忙问。

"宫女娥儿。"

"为何寻死？"

"唉，一言难尽！"

"别慌，慢慢讲来。"

"是，老爷！"名叫娥儿的宫女一边落泪，一边说道，"纣王心狠毒辣，将武成王夫人推下摘星楼，喂了蛇蝎。当时，除了妲己娘娘之外，还有我和姐姐凤儿在场。后来，不知是谁走漏了风声，逼反了武成王。妲己却怪罪于我，命御林军士将我扔进蛇蝎坑里。御林军士可怜我年纪还小，半路上放我逃走。我左思右想，实在冤屈，便跑来殿前，想一头撞在石狮上，一死了事！万没想到，竟冲撞到老爷身上，真叫我走投无路了。"

"啊，原来如此！"哪吒上前拉起娥儿，愤愤不平地说，"你清清白白，是他们冤枉了你。"

娥儿低声哭泣道："世上千条路，我只有死路一条。老爷，你闪开身，就让我撞死吧！"

哪吒安慰道："世上千条路，哪条路宽走哪条。你年纪轻轻，有好多事等你去做呢！你这一死，能伤昏君和妖婆一根毫毛吗？"

娥儿说："其实，我何尝不想好好活着，可事到如今，谁能救我一命？"

"你别怕，我来救你。"

"当真？"

"当真！"

"老爷，你心眼真好！"娥儿止住哭，心里十分激动。

哪吒笑道："我不是老爷，我叫哪吒，论年岁，我还得管你叫姐姐呢！"

娥儿忙说："老爷！不，哪吒，我的救命恩人！你称我姐姐，实不敢当！"

哪吒笑笑，道："母亲生下我兄弟三人，可我只有兄长，没有姐妹。你就做我的姐姐吧，好吗？"

娥儿异常激动，一喜一忧。喜的是，绝处逢生，遇上哪吒这么个好兄弟；忧的是，你哪吒救了我的性命，可往后我咋办呢？我受苦受累不要紧，怎能再给哪吒添麻烦呢？娥儿犹犹豫豫，望着哪吒，含笑不语。

"姐姐，"哪吒叫了一声，又悄声说道，"待我见到母亲，告诉她，我有个姐姐，名叫娥儿，母亲听了一定会高兴，说不定还认你做女儿呢！"

娥儿问道："好兄弟，你母亲现在哪里？"

哪吒把来皇宫寻母之事，细说一遍。娥儿听罢，两眼落泪，道："好兄弟，别伤心，会找到母亲的。"话音未落，忽听宫殿内外，喊声四起；又见刀光剑影，杀气腾腾。哪吒见势不妙，忙道："姐姐，随我来！"说罢，一把攥紧娥儿手腕，念动咒语，驾起祥云，飞出皇宫。

升在半空中，二人手牵手，宛如风筝飘荡。一轮红日，万缕金线，织出五彩云锦，披在哪吒和娥儿身上。俯瞰大地，只见崇峦翠嶂，列队欢送；江河湖海，浪花欢笑。"啊，黄河！啊，孟津！好兄弟，你快看！我的家乡！我的亲人！"娥儿叫着，喊着，真想跳下来，吻一下家乡的土，喝一口家乡的水！"姐姐！如今的孟津，还是纣王的狼窝虎穴。不过，总有一天，你会回到这可爱的家乡，闻到泥土的芳香，见到亲人的笑脸……"哪吒喊着，叫着，飞呀，飘呀！兴高采烈，心旷神怡，在碧蓝碧蓝的天空，放声笑道："到那时，我一定陪着母亲，来姐姐的家乡，观赏孟津的风光，畅饮黄河的甜浆……"

云霞在笑，黄河在唱，群峰在舞，林涛在响……

担惊受怕；二来不知哪吒用何仙术，将她带往何处？思前虑后，心神不宁，顿觉晕头晕脑，直犯恶心。忙喊："好兄弟！快快停下，俺难受得要死！"

哪吒急忙收住云头，落在临潼关外九龙山。娥儿刚一着地，哎哟一声，扑通瘫倒，闭着眼睛，叫爹叫娘。哪吒见她面色苍白，吓了一跳，忙问："姐姐，你怎么啦？病啦，还是饿啦？你说话呀！"

娥儿心烦意乱，摆了摆手，喃喃地说："好兄弟，别管俺了，你快寻找你母亲去吧！"

哪吒举目四望，但见巉岩耸峙，巨峰交错，杉林掩映，清溪潺潺。心想：帮人帮到底，救人救到家，我怎能眼巴巴看着，让姐姐死在这里呀？于是，他对娥儿说："姐姐！好好躺着，千万别动，我去取清泉给你喝。"说罢，也不管娥儿听没听见，便转身而去。

娥儿躺在山顶，晕晕乎乎，呻吟了半天，才慢慢清醒过来，四下一看：咦！哪吒兄弟呢？他跑到哪儿去啦？她心里一慌，站起身来，东找西找，不见哪吒踪影。这下，娥儿越发慌了，在危峰乱石中，高声呼唤着："哪吒兄弟——哪吒兄弟——"侧耳细听，那呼呼山风，送来的依然是："哪吒兄弟——哪吒兄弟——"

娥儿抬头一望，只见青崖陡立，刀劈斧削，雕出九条青龙，张牙舞爪，吞云吐雾，令人生畏！吓得娥儿胆战心惊，两腿发抖。想哭，也不敢出声；想走，也迈不开双脚。唉！只有暗暗抱怨哪吒：你这个小兄弟呀，真是嘴上呱呱叫，姐姐长姐姐短的，说得多动听啊！为啥才救俺出了虎穴，又将俺推进龙潭？你纵然有为难之处，也该跟俺说个明白，为啥就这样不辞而别？刚才在半空中，你还对俺说，总有一天，送我回到家乡，与亲人团聚。还说，你要陪你母亲去欣赏孟津风光。这难道是骗人不成？常言说，路遥知马力，日久见人心。还不到一天呢，你就不认俺这姐姐了。谁知你是真心还是假意？如今，俺不明不白喂了虎狼，还不如当初撞死在宫殿，那样还能落个囫囵尸首呢。这下倒好，一旦被虎狼吞掉，叫俺父母到哪儿去捡俺这把骨头呀？哼，本来俺觉得你年岁不大，心肠真好；现在看来，都怪俺瞎了眼，看错了人。千不该，万不该，不该轻信你，不该答应当你的姐姐，更不该跟你飞在半空！早知这般下场，豁出一死，也得从天上跳下来。哪怕粉身碎骨呢，也强似喂了虎狼！这真是吃一堑，长一智。栽俩跟斗，赚俩记性。往后，俺得长一百个心眼……娥儿正在胡思乱想，忽听松涛声声，虎啸龙吟，接着，飞来一群鹞鹰，扑啦啦落到九龙石上，无数鹰眼，如闪似电，齐刷刷射将过来。娥儿一见，毛骨悚然，魂不附体。真希望哪吒从天而降，将她带上云端，免遭鹞鹰吞噬。她不再埋怨哪吒了，竭尽全力，大声呼叫起来："哪吒——兄弟！哪——吒——兄——弟——"

层峦叠嶂，千山万壑，一齐回响着："哪吒——兄弟——！哪——吒——兄——弟——"

原来，哪吒走进峡谷，眼前古木阴森，山径幽曲，花卉摇枝，珍禽献舞。再往前走，又见怪石嶙峋，异兽奔逐，曲水蜿蜒，山水叮咚。举目远望，万仞青峰，飞瀑穿崖而出，奔流如练。哪吒暗暗高兴，紧跑几步，赶到青峰之下，见一泓清池，碧水悠悠，荷花艳红，幽香淡雅。斜阳辉映，眼前五彩缤纷。池中，鱼虾腾跃，其乐无比；鸳鸯嬉戏，别有情趣。群蛙鸣鼓奏乐，百鸟叽叽吟唱。哪吒见此佳境，顿觉心旷神怡。他立时想起，先前到过天宫的情景。那天宫仙境，虽说迷人，但天下百姓谁能去得了呢？这里幽雅别致，胜似仙境，不管有钱没钱，都能到此玩赏。对，一定要让娥儿姐姐来看一看，她准会高兴。还有，待救出母亲，先陪她到此排忧解闷，舒心展意。也许，母亲会说："你父亲早就说过，他想脱身官场，隐居深山。没料到，因放姜子牙过关，父母却被押到皇城问罪。这下，母亲死里逃生，哪儿都不去了，快请回你父亲与二位哥哥，咱们就在此处安居乐业吧。儿呀，母亲别的都依你，就是你得答应，别去当什么先行官了。"真要这样，我该如何回答？啊，也许，母亲不拦我。她憎恨纣王，向往西岐，会鼓励我前去辅佐明君，讨伐纣王，为天下百姓报仇雪恨……想到此，哪吒念动秘诀，变作三头六臂，在青山绿水间，风风火火，练起武来。也是，自那次从乾元山下来，哪吒只变过两回这三头六臂，平时，想变个样儿，也总不得机会。今天，来到无人之地，不免演练一番。哪吒眼观六路，耳听八方，身怀绝艺，越练越猛。顷刻间，珍禽异兽，齐来观赏。猿猴攀在古藤之上，挤眉弄眼；凤凰栖于梧桐之梢，连声喝彩；孔雀飞到悬崖之畔，开屏助威；仙鹤伫立青峰之巅，亮翅起舞……

正在这时，突然听青峰那边，隐隐传来呼唤声。哪吒这才如梦方醒，急忙收了法术，变回原来模样。心想，一定是娥儿姐姐已经苏醒过来，见我不在身旁，又急又怕，便四下呼喊。嗐！都怪我迷恋这人间仙境，险些误了大事。真糟糕，万一姐姐有个好歹，日后，我陪母亲到了孟津，有何脸面去见她的亲人呢？姐姐准得埋怨我嘴上没毛，办事不牢。对，我快去把姐姐叫来，到此一游，兴许她更喜欢这个地方。哪吒掏出一个红葫芦，灌满清凉泉水，踏起风火轮，离开幽峡清渊。

哪吒飞到半空，忽听人喊马嘶，锣鼓喧天。他回头一看，远远望见万马千军，旗幡招展，绣带飘摇；刀枪剑戟，杀气腾腾。哪吒一惊，不知何故，忙折回身来，赶到关前，向守关将士一问，才明白是怎么回事。

原来，武成王黄飞虎在午门一战，戳碎了纣王的护心镜，吓得昏君躲进皇宫。后来，武成王率领几千人马，反出朝歌，马不停蹄，日夜兼程，去投奔西岐。纣王闻讯，紧锁双眉，闷闷不乐，对妲己道："黄飞虎与朕结下百世冤仇，他此去西岐，如虎添翼，如龙生翅，若有朝一日，黄飞虎杀回皇城，来报杀妻之仇，朕也奈何不得呀！"

妲己献媚笑道："陛下！常言道，养兵千日，用在一时。事到如今，一不做，二不休，乘他落脚未稳，派出千军万马，拦路截杀。路上杀不死他呢，就直捣西岐，杀个人仰马翻，连老窝一齐端掉！只有这样，方能逢凶化吉，免除后患！"

纣王一听，转忧为喜，点头笑道："美人，如此高见，与朕所想，不谋而合，真乃英雄所见略同！但此举非同一般，不知何人能担当重任？"

妲己笑道："黄飞虎与闻仲为陛下左膀右臂。如今黄飞虎叛逆，理应派遣心腹之人。"

纣王沉吟道："好，好！就命闻太师，代朕辛苦一遭，率领三军，去剿灭西岐！"于是，传下令旨：由闻太师统帅三军，速速追杀黄飞虎，务必砍下首级，随后发兵西岐，直捣巢穴。

闻仲奉旨，号令三军将士，披挂整齐，准备出征。纣王设酒饯别，满斟一杯，递与闻太师。太师接酒，躬身奏道："老臣此去，置生死于度外。少则三月，多则半载，剿除反叛，凯旋还朝。"

纣王闻听，心中大悦，又斟一杯，祝愿太师旗开得胜，马到成功。

闻太师饮过数杯，拜别纣王，纵身一跃，骑上墨麒麟。突然墨麒麟惊跳起来，把闻太师跌将下来。左右惊异，慌忙扶起。闻太师整了整衣冠，苦笑一声，叹道："皆因此骑久不出战，未曾演试，筋骨不能舒伸，故有此失。"言罢，轻轻蹬上坐骑，即刻传令起兵。

话说闻太师率三军将士，夜以继日，一路追赶。今日，终于赶到临潼关。副将上前，喝问守关将士："为何不见刘总兵出城迎接？"

守关将士望见旗幡上，绣着斗大"闻"字，一猜便知，这是闻太师的人马。于是，众人七嘴八舌，冲着副将嚷嚷起来：

"你们是来抓黄将军的吧？"

"唉，真不巧！黄将军的人马，这会儿早过了临潼关！"

"我家总兵与黄将军，本是金兰兄弟。总兵有令，谁要抓黄将军，请他到西岐见面！"

副将听罢，又气又恼，急忙禀报闻太师。闻太师把脸一沉，怒喝一声："刘总兵现在何处？快叫他滚出来！"

守关将士，你看我，我瞅你，大眼瞪小眼，谁也不敢吱声。闻太师见他们这般呆头呆脑，如丧考妣，顿时火冒三丈，"嗖"的一声，抽出宝剑。吓得一员守将面无血色，扑通跪下，连连拜道："太师饶命！小的实话相告，刘总兵留下一班散兵，支撑门面，他与黄飞虎，齐奔西岐去了！"

"啊呀呀，胆大叛贼！"闻太师把剑一挥，"追！"

大队人马簇簇拥拥，穿过空荡荡的城府，连喊带骂，向前追去……

哪吒见闻太师的人马已经走远，这才踏上风火轮，腾空而起。他边走边想：没料到，那武成王还真有骨气，真有眼力，别的道不走，偏偏奔往西岐。好！早知你有如此打算，当初在午门箭楼上，无论如何，我哪吒也不能光瞧热闹，非助你一臂之力不可！咱们齐心合力，也许能活活拿住纣王。眼下，说一千，道一万，也是白搭！不是我抱怨你，当时，你为何不招呼我一声呢？唉！

哪吒回到九龙山顶，不见娥儿身影。姐姐到哪儿去啦？莫非嫌我耽搁时间太久，一时气恼，独自下山，流落异乡？啊，不会，不会！姐姐胆小，年纪又轻，不敢轻举妄动。难道她醒来之后，心血来潮，跑进深山，去采奇花异草？或许，躲藏起来，故意开个玩笑，好把我吓上一跳？嘻，我哪吒才不怕你吓唬呢！哪吒捧着红葫芦，端详少时，见不到姐姐，不免心中焦急。于是放声喊道："姐——姐——，姐——姐——"

只有群山和声，空谷回音："姐——姐——，姐——姐——"

哪吒急忙四处寻找，跑到九龙峰下，发现一只绣花鞋。捡起一看：啊！这不正是娥儿姐姐的吗？心里一惊，鼻子一酸，两串泪珠，滚出眼眶。他暗暗寻思：姐姐呀，姐姐！我哪吒对不住你啊！当时，我只想到，你昏昏沉沉，口燥唇干，取水解渴要紧；却没想到，这深山密林，豺狼出没，虎豹逞凶，孤零零剩你一人，十有八九，难保性命。姐姐呀，我真后悔！当时，我不离开你身边，该有多好！姐姐呀，你命真苦，才逃出魔窟，难道又入虎口？姐姐呀，都怪我一时粗心，忙中出错。现在，只要能见到你，就是你恨我，怨我，打我，我也心甘情愿。

哪吒涕泗滂沱，伤心至极。忽听密林深处，传来声声惨叫："救命啊！救命……"

哪吒闻声，飞奔而去。在危峰乱石中，一只猛虎，吊睛白额，血口如盆，呼呼喘气。哪吒一见，连声喊道："姐姐！你在哪里？"

猛虎听到响声，抬起头来，仰天长啸，如雷轰鸣，震天动地。纵身跃起，嗖的一下，张牙舞爪，扑向哪吒。哪吒手疾眼快，闪身一躲，猛虎扑空倒地。哪吒生来还不曾与猛虎斗过，觉得十分有趣，乘猛虎掀起腰胯之际，纵身一翻，稳稳站定，挺起火尖枪，猛地一刺，正中猛虎喉头，顿时血流如注。那猛虎受了重伤，拼命吼叫，摇头扫尾，腾空跃起，直扑哪吒。说时迟，那时快，哪吒不慌不忙，就势用力一刺，一枪戳进猛虎心窝。猛虎又吼一声，一头栽地，滚了两滚，再也动弹不得。哪吒上前踢了两脚，见猛虎无声无息，已然毙命，这才松了口气，四下张望，又喊几声："姐姐！姐姐！……"

"哪吒！哪吒！"一个青衿秀士，手提宝剑，呼叫着姓名，从崖上飘然而来。

"伯父！"哪吒回头一看，是龙王敖光，便亲亲热热叫了一声。

敖光见地上躺着一只死虎，惊问："哪吒！这只猛虎，可是被你打死的？"

哪吒不以为意地点了点头，道："是它不小心，撞到我的火尖枪上了。"

敖光摇头叹道："怪哉！那猛虎，为何不往我刀口上撞呢？我拼死拼活，去追杀一只猛虎，结果，那大虫钻了山洞。"

哪吒眨巴眨巴眼睛，惊诧道："伯父，你是来上山打虎的吧？别懊丧，就将这只猛虎留给你，好吗？"

敖光哈哈一笑，道："哪吒，你猜错啦！俗话说，二月二，龙抬头。每年，一到那天，九龙山上的弟兄，都要到龙宫聚会。如今，天下不太平，我想改改章程，亲自出来走一走，吩咐各位兄弟，耕耘时节，要提早洒下春雨。"

哪吒心中高兴，赞叹道："伯父真好！常言道，春雨贵如油。天下百姓，不会忘记你的恩德。"

敖光面有愧色，笑道："以往，也是我糊涂，愧对百姓。其实，人眼是秤。我只不过才做了两件好事，那四方百姓便纷纷修起龙王庙，一年到头，香火不断。想一想，我真是受之有愧呢！"

哪吒睁大眼睛，暗自思忖：前次姜子牙率众过陈塘关，龙王敖光还从中助了一臂之力呢！当时，时间紧迫，未及细问，但敖光的举动，足以表明他弃恶从善，改邪归正。还是那句话：金无足赤，人无完人。有错不怕，改了就好。况且，他身为龙中之王，如今幡然悔悟，志在真诚，造福于百姓，即使修上千千万万龙王庙，那也是父老乡亲的一片心意。想到此，哪吒激动万分，扑通一声，跪倒在地，拜道："伯父！实不相瞒，孩儿一时疏忽，做下错事一桩！"

敖光一怔："这……这从何说起？"

哪吒面带愁容，将如何救出娥儿，娥儿又如何失踪，前后经过，细说一遍。

敖光听罢，点头一笑，道："噢，原来如此！你是好心好意，也不能怪你。说来也巧，咱们倒有些缘分呢！适才，我到九龙峰来，远远望见一位少女，正与猛虎搏斗。我急忙上前，向虎背猛砍一剑。猛虎受伤，大吼一声，窜入深山。待我救下少女，又去追赶猛虎，可惜已无踪迹。我担心那少女又遭意外，便匆匆返回身来，不料，却听到你的喊声。亏你及时赶到，将这恶虎置于死地。要不然，那少女性命难保。"

"伯父！"哪吒又惊又喜，"你快说，你把我姐姐藏到何处？"

敖光用手一指，笑道："远在天边，近在眼前。"

哪吒放眼一望，只见一位少女，紧闭双目，倚在大树枝杈间。啊！这不正是娥儿姐姐吗？哪吒兴高采烈，惊喜异常，一个箭步，直奔树下，连声喊道："姐姐！姐姐！"

娥儿听到喊声，睁开两眼，朝下一望，见是哪吒，顿时喜在心头，笑在眉梢，含泪说道："兄弟！你再迟来一步，俺就进了虎口！"

"姐姐！"哪吒指着敖光道，"方才，是敖光伯父救了你的性命！姐姐，快下来，谢过伯父。"

娥儿真想往下跳，可心里胆怯，试了几次，仍然抱住树杈，不敢抬脚。哪吒见她十分为难，便念了咒语，抛出混天绫。那混天绫飘到娥儿身边，将她裹住。娥儿双手一松，如坐飞毯一般，稳稳当当地落到地上。哪吒收回混天绫，拉住娥儿，上前拜谢敖光。敖光笑道："别瞧猛虎为山中之王，可它也有短处呢！"

娥儿抿嘴一笑，道："我听老人讲过，老虎还拜猫为师哩。当老虎把各样武艺学到手时，就翻脸不认人，追着猫先生，要一口吞掉。谁知猫先生急中生智，噌噌噌，爬到树上，对老虎说：'幸亏我留个心眼，没有把这最后一招教给你。要不，我这小命早完了！'从此，老虎躲进深山老林，再也没脸去见猫先生啦！"

哪吒笑道："怪不得，伯父把你藏到树上呢！"

敖光哈哈笑道："这也是急中生智嘛！哈哈……"

哪吒掏出那只绣花鞋，递给娥儿穿上；又从腰上解下红葫芦，送到娥儿手中。娥儿举着红葫芦，仰起脖子，咕咚咕咚，喝了个痛快。哪吒见她浑身上下，衣裳破碎，灵机一动，便对敖光附耳低语。敖光微微一笑，连声道好。二人走到乱石丛中，将死虎架在树上，嘁里咔嚓，剥下虎皮。哪吒拎着虎皮来见娥儿，说："姐姐，你真有福气！"

娥儿吓了一跳，忙问："兄弟，这是何意？"

哪吒笑道："姐姐衣裳破碎，暂且用它裹身。"

娥儿恍然大悟，接过虎皮，披在身上，直夸哪吒想得周到。

敖光站在一旁，嘱咐道："往后，出门在外，要多加小心！"说罢，挥手告别，转身走去。

哪吒目送敖光上了九龙峰，这才驾起祥云，飘飘悠悠，向西飞行。

此时此刻，在半空里，娥儿头也不昏，眼也不晕，心花怒放，忙问哪吒："兄弟，咱们到哪儿去？"

"西岐，西岐！"哪吒回答道，"姐姐，你知道吗？那里是人间乐园。"

娥儿点头道："俺知道，俺知道，咱们一到西岐，你就快去寻找母亲。"

哪吒沉思道："姐姐，我正想问你。你在妲己身边，可曾听到我母亲的下落？"

娥儿摇摇头："妖婆干坏事，怎会让别人知道？若不是她对俺下毒手，俺还把她当好人呢！"

哪吒笑道："如此看来，姐姐被那妖婆蒙骗了！"

"说实话，俺才不上她的当呢！当初，纣王派出心腹，四处挑选美女。妲己是孟津第一美人，又是官宦人家的小姐，一下子就被选中。只因俺们是同乡，进宫那天，她指名道姓，要俺姐妹二人陪同侍奉。走在半路，听说她哭哭啼啼，昏死过去。可一进皇宫，她又苏醒过来，那模样越发俊俏，就像仙女一般。与原来的妲己相比，更是招人喜欢。俺一直弄不清，这到底是怎么回事？"娥儿滔滔不绝地说着，不知不觉，哪吒收住云头，落在飞云关城楼上。娥儿疑惑不解，惊问："好兄弟！走走停停，停停走走，咱们几时才能到达西岐？"

哪吒笑了笑，回答道："姐姐，你在此稍等片刻，待我进城借身衣衫，给你换上，再去西岐。"

娥儿眉开眼笑，连说："好，好！叫俺披着虎皮，怎好去见人呢！好兄弟，快去快回！"

哪吒应了一声，正待走下城楼，忽见眼前旗幡招展，千军万马，浩浩荡荡，护卫着九辆囚车，拥出城门。哪吒见那"闻"字帅旗，不禁想道：武成王黄飞虎，莫非已被闻太师擒住？再定睛细瞧：闻太师骑在墨麒麟上，优哉游哉，缓缓走来。坐骑两边，几员骑马武将，指东画西，口口声声赞颂太师如何出奇制胜，拿住黄飞虎；如何功标青史，流芳千秋。闻太师喜形于色，慷慨许愿道："蒙各位总兵相助！待我回到朝歌，面奏天子，为你们请功邀赏！"哪吒见此情景，十分恼火，决定拦住囚车，救出武成王。于是，居高临下，抛出混天绫，先将闻太师裹下坐骑，接着掏出金砖，又把两边武将砸下鞍来。众士兵见势不妙，

177

慌忙上前救起，架着闻太师与几员武将，连喊带叫，仓皇逃跑。哪吒又接连不断甩出金砖，砸在囚车周围，将兵卒打个七零八落，哭爹叫娘，抱头逃命。哪吒随即跳下城楼，砸开囚车，往里一看，果然是武成王。黄飞虎战战兢兢，望着哪吒，惊问一声："你是何人？"

"黄将军，你不认得我啦？我就是哪吒呀！在午门刑场上，抢走李总兵，救出殷郊、殷洪，都是我干的。可恨纣王，将你怪罪，实在冤枉将军！"

黄飞虎又惊又喜，热泪盈眶："啊，哪吒，哪吒！你敢作敢为，伸张正义，精神可嘉，令人敬佩！"说罢，站起身来，跳下囚车，向哪吒拱手拜谢。

哪吒急忙还礼，转身跑去接连砸开其余囚车，救出武成王的长子黄天禄，三子黄天祥，以及刘总兵等人。诸位将士，绝处逢生，喜出望外，谢过哪吒。哪吒跑上城楼，领来娥儿，与众人相见。

黄飞虎见娥儿身披虎皮，忙问哪吒："这是怎么回事？"哪吒将前后缘由，一五一十，细说端详。黄飞虎听罢，凄然泪下，一把拉住娥儿，失声道："好闺女，你受委屈了！昏君纣王，将我家夫人推下楼台一事，还是你姐姐凤儿，对我亲口所讲。唉，可惜她撞死在殿前了！孩

178

儿，你要是不嫌弃，从今以后，你就做我的女儿吧！"

娥儿一听，得知姐姐含冤而死，不免恸哭一场。黄飞虎命人拿出新衣，给娥儿换上。娥儿哭天抹泪，扑在黄飞虎怀里，哀求道："黄将军，替俺姐姐报仇啊！"

黄飞虎含泪安慰道："孩儿放心！纣王罪恶累累，罄竹难书。总有一天，新仇旧恨，通通要报！"

正在这时，守城副将率众归降，备好无数坐骑，请黄飞虎等人上马，同奔西岐。黄飞虎将娥儿扶到马上，然后吩咐哪吒："此去西岐，道路坎坷，一路之上，多加小心！"

哪吒朗朗笑道："黄将军！我到前边探路，谁敢拦阻，就杀他个落花流水！"说罢，踏起风火轮，腾在半空。

娥儿骑在马上，心有余悸，放声高喊："哪吒兄弟！千万记住，碰见老虎，赶快上树！"

第十章

西岐儿女

在飞云关上，哪吒砸开囚车，救出黄飞虎，一齐奔往西岐。

　　一路之上，逃难百姓，成群搭伙，扶老携幼，呼天号地，凄凉悲惨。有一少年，衣衫褴褛，面黄肌瘦，倒在路边，呻吟挣扎。哪吒上前一看，惊叫两声："黑虎！黑虎！"

　　黑虎闻听呼叫，睁开双眼，见是哪吒，万分高兴，一把拉住哪吒，站起身来，声泪俱下，哭诉道："哪吒兄弟，自你走后，陈塘关百姓齐心协力，几天工夫，就把你家帅府整修一新。谁料此事传到皇城，朝廷怪罪下来，派来人马，放火烧城。关内关外，一片火海，龙王爷大发慈悲，连降三天暴雨。虽说大火浇灭，可百姓茅屋，烧得一干二净。众人无家可归，只得背井离乡，流落四方。俺们一家七口，饿死三人，病死两个，只剩俺和爷爷幸存下来。"

哪吒听罢，伤心落泪，忙问："老爷爷呢？他在哪里？"

黑虎摇头道："一路上兵荒马乱，俺们被官军冲散了。眼下，也不知他老人家……"

哪吒沉默半晌，叹道："多好的人哪！苦苦熬煎一生，也没享上一天清福。我还真想见老爷爷一面呢！"说罢，扶着黑虎，前来拜见黄飞虎。黄飞虎可怜黑虎的遭遇，答应带他同往西岐。

娥儿见此情景，跳下马来，走到黑虎面前，柔声细语，道："黑虎哥哥，俺跟你一样，咱们都是黄连命！快上马吧，到西岐就好啦！"

黑虎瞧瞧娥儿，又瞅瞅哪吒，不知如何是好。哪吒推了黑虎一把，笑道："娥儿姐姐心眼真好！她把马让给你，你就快骑上吧！"

黑虎倒退一步，怯生生地说："这高头大马，俺可从来没骑过。"

哪吒拍手笑道："别怕，让姐姐为你保驾。"

娥儿大大方方，上前拽住黑虎，将他扶上坐骑。随后，娥儿也纵身一跃，坐到黑虎背后，二人欢欢喜喜，与众人策马赶路。

越过青龙山，翻下金鸡岭，又行十里，来到渭水河畔。武成王下了坐骑，站在河边，举目观望。远处，淡淡青山，若隐若现；白云蓝天，雄鹰翱翔。眼前，清清流水，鲤鱼腾跃；渔樵唱晚，田野落霞。黄飞虎置身于诗情画意之中，不禁感慨万端。他把哪吒叫到身边，吩咐道："你辛苦一趟，快到城里报知相父，就说黄飞虎在此听命。"

哪吒不敢怠慢，立刻踏起风火轮，飞向西岐城。哪吒已经听说：文王活到九十七岁，临死时，传旨太子姬发，当面拜子牙为尚父，文王死后，姜太公立姬发为武王。今日，就要见到姜师叔，见到父亲和二位哥哥，哪吒怎不欣喜异常！

哪吒还没进城，早有探马报知丞相。姜子牙满面春风，步出相府，迎接哪吒，说巧也巧，哪吒正好落下风火轮，一见师叔，倒身便拜。姜子牙拊掌笑道："好哪吒！总算把你盼来了！"

哪吒拜罢，站起身来，笑道："师叔！武成王黄飞虎率领人马，前来投奔西岐，现在渭河岸边等候，请师叔快去迎接！"

姜子牙一听，喜不自禁，哈哈笑道："好，好，好！此乃天大喜事，待我奏报武王，回头立刻出城，迎接贵客。"说罢，转过身来，正要迈步进府，突然传来笑问声："相父，迎接何人？"话音未落，英俊威武的武王走出相府，一见姜子牙身边的哪吒，欣然笑道："这位少年，可是贵客？"

　　姜子牙手捋银须，哈哈一笑："武王！这位少年，就是哪吒！今日，他陪同武成王黄飞虎，来到西岐。"

　　哪吒见武王满面笑容，和蔼可亲，急忙上前跪拜。武王一把拉起哪吒，连声夸赞道："好哪吒！好哪吒！我早已听说，你人小志大。你威震龙宫，降伏龙王；你取来令箭，放相父过关；你在午门刑场上，救出李将军！不愧英雄少年，令人钦佩！真是有志不在年高，无志空活百岁！"

　　哪吒面有羞色，连连摆手道："武王过奖啦！我还要勤学苦练，准备跟昏君纣王大干一场呢！"

　　"好一个壮志凌云的小哪吒！"武王无比兴奋，传令左右，请来李靖父子，与哪吒相见。

　　转眼间，李靖带领金、木二吒，来到相府门前。父子四人相逢，悲喜交加，珠泪纷纷。

武王对姜子牙递个眼色，道："相父，咱们快去迎接贵客吧，可别让人家久等。"

姜子牙微微一笑，回头对李靖道："李将军！你们父子，久别重逢，可喜可贺！待接回贵客，再设酒庆贺。"

李靖父子擦干眼泪，与文臣武将，跟在武王、丞相之后，说说笑笑，赶到渭水岸边。武王与相父亲手放下吊桥，率领文武大臣，走过桥去，与武成王等人施礼相见。武成王万没料到，武王和丞相会亲自出迎，不免百感交集，热泪纵横。武王挽起黄飞虎手臂，谈笑风生，情同手足。

哪吒钻进人群，寻找娥儿和黑虎。找来找去，只见娥儿，不见黑虎。哪吒拉上娥儿，来到父亲面前，将如何认她做姐姐一事，细细禀告。李靖听罢，喜上眉梢，将娥儿当作亲生女儿一般，问长问短。姜子牙闻声走来，笑道："李将军，真是因祸得福，喜从天降啊！"

李靖满脸带笑，喜不自胜，欣然道："几回梦中，盼得一女，无奈命薄，只有三子。不料今日，却遂心如愿！小女娥儿，快给姜丞相施礼。"

娥儿目不转睛，眼巴巴望着姜子牙，见他皓首银须，神采飘逸，慈祥和善，可亲可敬，不由得喜上心来，嫣然一笑，上前拜了三拜。

武王挽着黄飞虎走来，未等李靖禀奏，黄飞虎愧悔难当，抢先一步，一把拉住李靖的手，赔礼道："李将军！恕罪，恕罪！"

李靖含笑道："黄将军，幸会，幸会！昔日，你我俱是一朝之臣，而今，又同归西岐。以往恨事，付诸东流。从此，心心相印，肝胆相照，辅佐明君，除邪惩恶！"

黄飞虎闻听此言，如春风扑面，沁人心脾。往日烦恼，一扫而尽。

哪吒站在一旁，喜见冤家和好如初，心中十分高兴，上前拽过娥儿，笑道："姐姐！方才，我家父亲认你做女儿，可黄将军也认你做女儿，我问你，你到底愿做谁家女儿？"

娥儿一怔，看一看李靖，咯咯一笑；望一望黄飞虎，又咯咯一笑。接着低下头，不知如何回答。

李靖解围道："娥儿，你当然是我的女儿，对吧？"

黄飞虎抢白道："李将军差矣！在飞云关，我已认她做了女儿啊！"

李靖面红耳赤，争辩道："适才，听哪吒言讲，早在娥儿逃出皇城之时，就答应做李家女儿。"

黄飞虎一时语塞，无言答对。哪吒忙问姜子牙："师叔！二位将军各执一词，互不相让，这该咋办？"

姜子牙默然一笑，捅一下武王："家务之事，清官难断。不知武王有何高见？"

武王欣然笑道："这有何难？依我之见，娥儿既不姓黄，也不姓李，她千里迢迢，投奔西岐，理应是咱们西岐的女儿！"话音刚落，众人喝彩。娥儿笑脸盈盈，跪拜武王。

正在这时，黑虎呼哧带喘，怀抱一条大鲤鱼，从河岸跑来，直奔李靖面前，拜道："李将军！你受委屈了！俺听哪吒说，你们已到西岐。俺一路寻思，拿啥礼物见你？可巧，俺见这河中鲤鱼跳跃，便顺手一抓，偏偏抱住一条红鲤鱼。俺代表陈塘关父兄，慰藉将军。"

李靖深受感动，双手捧过红鲤鱼，转身献给姜尚，笑道："老丞相德高望重，当受之无愧。"

姜子牙连连摆手，呵呵笑道："岂敢，岂敢！武王当政，治国有方，爱民如子，百姓敬仰。今日，幸喜渭水之中，跳出红鲤鱼，此乃吉祥之兆！敬献武王，才是正理！"

众人闻听，齐声叫好。武王连忙拱手，笑道："使不得，使不得！无功受禄，自愧弗如。快快将此宝物，放回水中。待天下平定，举国上下，同享其乐！"

李靖遵命，捧着红鲤鱼，正要迈步送到河中，忽见红鲤鱼腾空一跃，呼叫一声，落下地时，竟变作一员小将。众目睽睽，惊讶万状。哪吒上前，一把扯住小将，惊叫一声："敖丙！原来是你?！"

敖丙嘿嘿一笑："哪吒！冤家对头，在此相见，你没料到吧？"

"真没想到！"哪吒惊愕道，"敖丙，你快说说，这是怎么回事？"

李靖更为惊异。只因当年哪吒闹海，误伤了敖丙性命，为此，与龙王敖光结下冤仇。而今，敖丙怎会死而复生？为何又躲于渭水之中？难道来此报仇？

敖丙见众人生疑，便实话实说，揭开谜底。原来，哪吒一怒之下，抽了敖丙的龙筋，带回陈塘关府中，想做一条龙筋绦，送给父亲束甲。不料，龙王敖光找上门来，不依不饶。哪吒闯下祸事，后悔不及，忙将龙筋取来，交还敖光。敖光回到龙宫，立刻召来龙医，命他速速救治太子。那龙医自有回春之术，用个仙法，救回敖丙一命。敖丙复活之后，欲报前仇，却被父王拦住。敖光命太子在龙宫静养，由他亲自出马，去报仇雪耻。经过几番较量，敖光节节失利；直到哪吒大闹东海，威震龙宫，饶了龙王性命，敖光才幡然悔悟，从善如流。前次，敖光从九龙山下来，回东海路上，耳闻目睹，百姓受苦受难，纷纷投奔西岐。上至玉帝，下至黎民，莫不怨恨纣王无道。又听说，西岐武王继位，姜子牙辅佐明君，宏图大展，举贤任能，同心协力，要伐纣灭殷。敖光坐镇龙宫，难以脱身，为助武王一臂之力，便派太子敖丙，前来渭水待命。敖丙变作红鲤鱼，今日在水中，正与伙伴尽情嬉戏，不料纵身腾跃，恰好被黑虎抓住。敖丙暗自喜悦，庆幸时机来到，真是天遂人愿。谁知，武王言道，要将红鲤鱼放回渭水。敖丙一急，按捺不住，眨眼之间，现了本相，不免吓人一跳。敖丙原原本本，道出真情，众人听罢，齐声称赞。

哪吒更是喜出望外，攥住敖丙双手，喜眉笑眼道："敖丙哥哥！今日，咱们握手言欢，我真高兴！"

敖丙嘿嘿笑道："我也高兴！往日怨恨，一笔勾销。从今以后，亲如兄弟，形影不离，同保明君！"

李靖一见昔日冤家，结为兄弟之情，心中狐疑，顿时消散。一把拉住敖丙，眼含热泪，情深意长，问道："敖丙贤侄！你家父王，近来可好？"

敖丙笑答："好，好！不久前，父王不辞劳苦，四处奔走，适时兴云布雨。玉帝闻奏，特降谕旨嘉奖。临行之时，父王曾嘱告小侄，若见到李师叔，代为请安！"说罢，躬身一拜。

"不拜也罢！"李靖欣然笑道，"贤侄来到西岐，自有用武之地。来，来，来，快快拜过武王与姜丞相。"说罢，将敖丙带到武王跟前，拜了几拜。

武王见敖丙英俊年少，又知他来历不凡，心中十分欢悦。此时，夕阳西下，百鸟投林，渔船泊岸，牧童回村。武王兴高采烈，一路说笑，率众进城。

城中百姓，闻听喜讯，纷纷拥上街头，喜气洋洋，载歌载舞，迎接远方客人。武王见人群之中，有一长者，正翘首微笑，便上前招呼道："孙老爹，相别三日，身体可好？"

老孙头满脸堆笑，拱手作揖道："托福！托福！过着舒心日子，越活越年轻喽！"

"爷爷！爷爷！"黑虎眼尖，一眼认出那长者，原来就是流离失散的爷爷呀！他连忙挤进人群，连喊带叫，双手抱住爷爷。

老孙头见是黑虎，又惊又喜，忙问："孩子，你是怎么到这里来的？"

黑虎两只大眼，忽闪忽闪，望着爷爷，含泪笑道："俺昏倒在路上，眼看饿死，正好哪吒赶来，救俺一命。"

"好哪吒！好哪吒！他在哪里？"老孙头万分激动，连声呼叫。

"老爷爷，我来啦！"哪吒闻声赶来，惊喜道，"我真想您老人家！可万没料到，您却捷足先登，早到西岐，真是好福气呀！"

老孙头脸上，绽开菊花般笑纹，喜气盈盈，瓮声瓮气地说："俺也是因祸得福啊！大难没死，上天保佑，俺来到这歌舞升平之地，连做梦都没想到，明君武王与姜老丞相，把俺请到府上，待作上宾。如今见到你们，俺更是百无牵挂，万事如意。黑虎也已长大，不必留在俺身边，就跟你们去演习武艺，也好长长本事，为国效力。"

哪吒忙问："老爷爷，往后谁照顾您呀？"

老孙头哈哈笑道："这你放心！武王早说过，叫俺去享清福。俺说，俺手脚还灵便，就自食其力吧！听说，西岐豌豆出名，俺就迷上了种豌豆。"

黑虎说："爷爷上了年纪，身边没个照应，俺放心不下。"

哪吒沉思道："是啊！不过，我倒想出一计……"

"有啥妙计，快说出来，让俺们听听。"黑虎催促道。

哪吒走到武王身旁，如此这般，一阵低语。武王听罢，拊掌大笑，连声道好。武王上前，拉住娥儿，笑道："西岐女儿！你受众人之托，从今往后，你就留在孙老爹身边，侍奉老人家安度晚年，你愿意呢，还是……"

"孩儿遵命，俺一百个愿意！"娥儿说罢，转过身来，跑上前去，冲老孙头拜道："老爷爷！你的家，就是俺的家。让黑虎哥哥安心练武去吧！俺也是贫苦人家出身，多亏哪吒救下一命。往后，俺尽心尽力，侍候你老人家一辈子，也绝无怨言。"

老孙头伸出双手，拉住娥儿，热泪滚滚，泣不成声，喃喃自语道："好闺女！没想到，俺这糟糠之人，却是命大，福大，造化大……"

娥儿解开包袱，拿出虎皮，递给老孙头，恭恭敬敬地说："老爷爷，俺没啥见面礼，就拿它孝敬你老人家吧。你别见怪，这还是哪吒在九龙山打死的老虎。"

老孙头双手颤抖，接过虎皮，滴滴泪珠，落在上面。武王安慰道："孙老爹，快带娥儿回家去吧。日后有何难处，尽管说话。"说罢，拜别老人，率众回府。

当晚，武王设宴，款待贵客。席间，黄飞虎将夫人如何被纣王害死，自己如何反出皇城，如何被闻太师打入囚车，哪吒又如何搭救，前因后果，细讲一遍。武王听罢，站起身来，对姜子牙笑道："黄将军弃暗投明，令人钦佩！而今来到西岐，就封他为开国公武成王。不知相父意下如何？"

"好，好！"姜子牙击掌笑道，"当年镇国公，今朝开国公，一字之差，天壤之别。"

武王举杯，敬贺黄将军。黄飞虎起身拜谢，推辞道："承蒙武王厚爱。老臣能有今日，怎敢忘记哪吒救命之恩！恕臣直言，喜酒一杯，先敬哪吒，如何？"

武王大笑，连声道："好，好，好！言之有理，就依黄将军，先敬哪吒一杯！"说罢，四下一望，不见哪吒，忙问左右："咦，哪吒呢？"

是啊，哪吒去向不明，众人惊讶不已。李靖提心吊胆，唯恐哪吒出去闯祸，心急如火，慌忙奏报："启禀武王！哪吒初来乍到，人地两生，也许一时贪耍，迷了路途，因此误了宴席。"

武王沉吟道："哪吒年纪虽小，却明达事理，宴席不到，必有缘故。有劳将军父子，速去寻找哪吒！"

李靖领命，带上金、木二吒，走出王府，踏着满地银光，沿街过巷，四处寻觅。李靖走到街市一角，望见花影丛中，清凉台上，站着一位少年，正是哪吒。

又是一轮明月，高悬蓝天。哪吒仰望长空，泪珠闪闪，轻轻呼唤道："嫦娥，嫦娥！请告诉我，我母亲的消息，你可曾听到？"

月里嫦娥，笑脸盈盈，仿佛在说："哪吒！别急，别急！你母亲的下落，我天天都在打听！"

"多谢嫦娥，一片真情！"哪吒思母心切，恳求道，"嫦娥，请你捎句话，转告母亲。就说，我父子四人，同在西岐，辅佐明君武王，不用多久，便发兵朝歌。到那时，一定救出母亲！"

月轮转动，嫦娥含笑答道："哪吒，放心！人世之间，美丑善恶，都逃不过我的眼睛！"

哪吒十分动情，连声喊道："嫦娥！你真好！你真好……"

"哪吒！哪吒！"李靖闻声赶到，一把拉住哪吒，酸咸苦辣，不知从何说起。

金、木二吒见此情景，伤心落泪，齐声劝道："好兄弟，莫悲伤！没找到母亲，也不怪你。我们都明白了，罪在妖婆，罪在纣王！"

李靖含泪道:"我儿!父亲对不起你。以往,是我错怪了你,让你受了许多委屈。"

"父亲!"哪吒大叫一声,扑到李靖怀里,痛哭起来。李靖连忙道:"孩儿,别哭!快回府去,武王要给你敬酒呢!"

哪吒抽泣道:"父亲,还有二位哥哥,你们听我一言,没找到母亲之前,谁也不许饮酒!"

"好,一言为定!"李靖三人,齐声应道。

父子四人回到府中,宴席将散。李靖拉着哪吒,上前拜见武王,并将哪吒月下思母情景,细细禀告。武王深受感动,连夸哪吒一片孝心,人皆敬之。待要敬酒,哪吒举起杯来,毕恭毕敬,递与姜尚,微笑道:"师叔!当初,你们过陈塘关,不曾到家喝一碗清水,实在抱歉。今日欢聚西岐,当敬师叔一杯!"

姜子牙接过酒杯,心潮激荡,往事历历,如在眼前。哪吒母亲,为救逃难百姓过关,偷取令箭,不幸身陷图圄,至今下落不明。想到此,滴滴眼泪,落到杯中。他沉默良久,慨然叹道:"哪吒之母,功德无量!如今囚禁朝歌,生死不明。这西岐美酒,香飘千里,乘此良辰喜日,遥祝殷氏夫人安然无恙!"言罢,将杯中酒洒向半空,点点滴滴，化为阵阵清香。

众人见此，皆大欢喜。直到夜色沉沉，才散了宴席。

哪吒与黑虎，暂住相府。平时，闲来无事，二人便围着姜子牙，学些兵法韬略，仙家道术。黑虎是个凡人，只谙熟刀枪剑戟，弓箭骑术，而对道术一窍不通。姜子牙也不勉强，暗中叮嘱哪吒，用心帮黑虎一把。

一日，风和日丽，百花争艳。武王召集文武百官，当众说道："纵观天下，众望所归；万事俱备，东风劲吹。眼下，三军人马，整装待发。讨伐纣王，指日可待！"文臣武将齐声欢呼，纷纷请战，领兵出征。

武王告诉大家：不必争抢，他自有安排。接着宣布道："此次征伐纣王，事关重大，我决定亲自随行。并请相父充当军师，武成王统领三军。这先行官……"说到此，停了片刻，向众人扫视一眼。百官鸦雀无声，静听武王下令。

这时，哪吒练武归来，来见武王。一到府中，见百官云集，正要退出，忽听武王任命道："这先行官，由哪吒担当。"

哪吒转身跑来，拜到武王面前，朗朗说道："武王！西岐人杰地灵，藏龙卧虎，自有高人。先行官身肩重任，非同小可，我小小年纪，实难胜任！"

武王笑道："据我看来，你有胆有识，智勇兼备。这先行官，非你不可！"

姜子牙上前拉起哪吒，附耳低语，密嘱几句。哪吒点点头，微微一笑，随后对武王道："武王！既然如此，我就试上一试。我实话实说，要是行呢，就担当下去；要是众人不服，也别讲情面，趁早撤掉！"

武王哈哈笑道："好，你说实话，我讲真话。不瞒你说，你当先行官，除去你家父兄，众口一词，将你举荐。"

李靖与金、木二吒，闻听武王之言，顿时面红耳赤。三人一齐围上来，叮嘱哪吒："冲锋陷阵，沉着冷静，三思而行。"哪吒回敬道："父兄放心！一人做事一人当。我以身许国，死而无悔！"

哪吒回到相府，见黑虎正暗自落泪，便笑着问道："黑虎哥，十有八九，是想爷爷了吧？"

黑虎擦干眼泪，笑答："天天想，夜夜想，想得要命。"

"我想老爷爷，也想娥儿姐姐！"哪吒一把扯住黑虎，"走，咱们该去看望他们啦！"

二人手牵手，跑出相府，不多时，来到城外河边。但见许多妙龄少女，抢着棒槌，噼噼啪啪，说说笑笑，浆洗衣衫。娥儿低眉一看，忽见水中映出两个倒影，正是哪吒与黑虎。她猛一回头，只见二人站在背后，冲她直笑。娥儿惊喜道："二位贵客，大驾光临，快随俺回家吧。"说着，端起衣盆，走上岸来。

三个人穿过小桥，走进一间茅舍中。老孙头一见黑虎与哪吒，分外高兴，忙前忙后，不知如何招待才好。

娥儿走进里屋，端来一筐箩炒豌豆花，送到哪吒和黑虎面前，说："这是咱西岐特产，请二位饱餐一顿。"

"这可不成！"老孙头急忙拦住娥儿，"好闺女，都叫他们吃下去，闹起肚子来咋办？"说着，顺手抓了两把豌豆花，放到哪吒和黑虎手里，疼爱地说："不是俺舍不得你们吃，是怕你们吃多了误事。说句实话，俺还有两大缸呢，都留着，来日方长，慢慢给你们炒着吃吧。"

哪吒一边嘎嘣嘎嘣吃着，一边对老孙头说："老爷爷，我们今日特来辞行，待伐纣灭商，天下太平，我们再回西岐来，吃这又香又脆的豌豆花。"

"怎么，你们就要离开西岐？"

"嗯，也许就在这几天。"

"好，俺不拦你们，可娥儿呢？"

"她？……"

"俺不走！"娥儿扶住老爹颤抖的身子，"俺一走，谁来侍候你老人家？打仗的事，俺可不懂。等打下朝歌，俺就把父母接到西岐来。这儿真好，俺哪儿也不去啦！"

哪吒十分高兴，道："好姐姐，由你照看老人家，我们一百个放心！有朝一日，我到孟津去接你的父母。"

"你可知道，俺家在哪条街，哪条巷子？"

"不知道。"

"孟津城葵花街豌豆巷，有一家卖豌豆花的就是。"

"好，我记住啦。难怪姐姐心眼实，敢情你是吃豌豆长大的呀！"

"哼，西岐的豌豆比孟津的还好。俺要在这儿吃上一辈子！"说完，进里屋拎出一口袋豌豆，递给哪吒，"路上闷得慌，没事就崩点豌豆花吃。"

老孙头一把夺过口袋，埋怨娥儿说："打起仗来，哪还有闲工夫！"

娥儿犹豫了一下，喃喃道："那带啥东西好呢？"她环视四周，发现窗台之上，有盆仙人草，片片绿叶，挺拔清秀，朵朵紫花，芳香醉人。娥儿听老爹讲过，那是老人刚来西岐时，武王请他入府叙谈，老爹见窗台上摆着一盆仙人草，紫花绿叶，芳香扑鼻，不免脱口赞道："真是奇花异草，世间珍宝！"武王会心地笑了笑，走到窗台，捧起花盆。老爹一愣，以为武王气恼了，要拿花盆砸他。老爹顿时心慌，扑通一声，双腿跪下，忙给武王磕头谢罪。谁知武王哈哈大笑起来，上前扶起老爹，把花盆递到老爹怀里："这仙人草，乃传世珍品，四季常青，永不凋零。紫花可去毒，绿叶可愈伤，堪称宝中之宝。你喜欢它，就拿去吧，也略表我一片心意。"老爹受宠若惊，推三推四，不敢领受。可武王情真意切，执意要送给他。老爹千恩万谢，带回家来，也放到窗台上，从来不许别人动一下。娥儿想：若是将仙人草给二位兄弟带上，万一受伤，也能解燃眉之急。娥儿寻思良久，觉得带上此物最为适宜。可是，这珍宝是武王所赠，倘若再送他人，老爹肯答应吗？她犹犹豫豫，两眼一动不动，直盯着仙人草。其实，老孙头早猜透了娥儿的心思，没等她张口，就瓮声瓮气地吩咐娥儿："好闺女，你跟俺想的一样！快剪下仙人花草，给二位兄弟带上。"

娥儿却担心地问："若是被武王知道，那该咋办呀？"

老爹似乎胸有成竹，呵呵笑答："武王跟咱百姓本是心腹之交，即使他知道了，也准保高兴。"

娥儿拿起剪刀，格外小心，先剪紫花，再剪绿叶。然后，包成两包，一包交给哪吒，一包递给黑虎，笑道："紫花去毒，绿叶愈伤，紫花绿叶，永葆安康。"

话音未落，忽听门外喊声连天："哪吒！先行官！哪吒！先行官！"

哪吒应声出门，见是金、木二吒，惊问："二位哥哥，有何吩咐？"

金、木二吒齐声回答："姜丞相有请，火速回府！"

"好！"哪吒转过身来，拉上黑虎，拜别老爷爷和娥儿，回府领命去了。

第十一章

鹤云岭下

话说在朝歌深宫，纣王与妲己正饮酒作乐，忽听探马报奏：李靖的三公子哪吒，在飞云关劫了囚车，救下黄飞虎性命，投奔西岐而去。纣王闻听，勃然大怒，怪罪闻太师疏忽大意，掉以轻心，不该叫哪吒钻了空子，结果酿出无穷后患。他随即传旨，要拿闻太师治罪。

　　妲己急忙劝阻道："陛下息怒！常言道，跑得了和尚跑不了庙。别说他黄飞虎跑到西岐，即使他飞上九天，也无损于陛下一根毫毛。再说，闻太师本是你心腹之人，如今稍有差池，就兴师问罪，岂不弄得人心惶惶？这样下去，谁还敢来统率三军，替你前去剿灭西岐？"

　　纣王余怒未消，道："平心而论，以闻太师之才干，不应发生这等差错。朕疑心的是，他会不会暗中设计，有意放走黄飞虎。若果真如此，他一则落个清白，二则送了人情，这三则嘛，也为自己留条后路……"

"陛下不必多虑！"妲己似笑非笑道，"闻太师一向忠心耿耿，效忠于你，谅他不会节外生枝，另有图谋。依婢妾之见，不如从长计议，陛下速传令旨，命闻太师重整旗鼓，发兵西岐，一举捣毁巢穴，以保商汤天下平安无事。"

纣王似有醒悟，顿时转怒为喜，笑道："幸亏你提醒了我，若是将闻太师治罪，逼得他走投无路，也许会效法黄飞虎呢！"

妲己嫣然一笑，道："陛下一时动怒，说几句怪罪的话，那也是言不由衷，情有可原。闻太师真是有个三心二意，陛下不仅不冷落他，反而愈加信赖重用，他就是豁出老命，也难报答你的大恩大德呀！"

纣王听罢，哈哈大笑，即刻传旨，命闻太师统率三军，火速发兵西岐。

再说闻太师出师不利，正忧心忡忡，忽然接到圣旨，得知纣王并无怪罪之意，这才舒心展意，振作精神，立刻号令三军，日夜兼程，进兵西岐。不几日，来到飞龙关外，扎下营盘，只待时机一到，就去攻打西岐城府。

消息传到西岐，武王决定亲自出征。姜子牙命哪吒去打头阵，武成王随后接应，李靖与金、木二吒等保驾武王。敖丙和黑虎急不可待，请求姜丞相答应他二人随哪吒同行。姜子牙点头道："好，好！命你二人为军中副将，辅助哪吒，齐心合力，杀敌立功！"

哪吒领命，率三千精壮人马，渡过渭水，翻山越岭，于日落时分，赶到飞龙关外鹤云岭下，安营扎寨，准备迎敌。

闻太师闻报，急问左右："谁有胆量去捣毁哪吒营寨？"

先行官孟彪上前答道："常言说，兵对兵，将对将。我身为先行官，自然要与他决一雌雄。就让我去争个头功吧！"

闻太师笑道："好，好！你争个头功，也好壮我军威。不过，那哪吒十分厉害，你当格外小心！倘若活的抓不到，就拿哪吒的脑袋来见我！"

孟彪得令，提狼牙棒上马，领兵来到鹤云岭前，摆开阵势，摇旗呐喊，指名道姓，叫哪吒出阵交战。

哪吒闻声出帐，踏风火轮腾在半空，朝下一望：只见一人长得虎头虎脑，红头发，蓝眼睛，面目可憎。他大喝一声："喂！你是何人？快快通报姓名！"

孟彪在马上喊道："在下孟彪，闻太师麾下的先行官！我奉统帅之命，前来取你的首级！"

哪吒一听，放声笑道："哈哈，原来如此！小小孟彪，我饶你不死，快去叫你家太师出来见我！"

孟彪听哪吒出言不逊，词锋咄咄逼人，连他先行官都不放在眼里，真是气杀人也！一怒之下，大吼一声，如饿虎扑食一般，抡起狼牙棒，向哪吒打去。

哪吒见孟彪猛地扑打过来，往后一闪，随即用火尖枪轻轻一挑，只听孟彪惨叫一声，落下马来。哪吒吩咐敖丙砍下孟彪的头颅，挂到旗杆顶上。西岐军士见哪吒不费吹灰之力，眨眼间就叫孟彪身首异处，命赴黄泉，都同声夸赞这先行官身手不凡。

闻太师坐在帐中，正等着孟彪拿来哪吒，好给他记个头功。不料，闻报孟彪一出阵，就被哪吒斩首示众。盛怒之下，又点了一员大将，名叫韩涛，命他去迎战哪吒。这韩涛曾上山求师学道，只因此人奸诈狡猾，师父看他不顺眼，并不将仙术秘诀传授给他。韩涛自觉没趣，偷偷学了个绝招，就不辞而别下了山。他跟随闻太师出征北海时，曾使过几次绝招。每当两军交战，他站在阵前，大喊一声对方将官姓名，那将官顿时应声落马。单凭这一招，韩涛时来运转，很快成了闻太师的得力干将。军士们心中不服，背后说三道四，冷嘲热讽，管他叫"喊一倒"。有人发牢骚说，往后打起仗来，咱们不必再动刀动枪，拼死拼活，就靠"喊一倒"就成了。也有人随口唱道："喊一倒，喊声高，地也动，山也摇，震得人，受不了！"久而久之，韩涛的名字，没人再叫了，可"喊一倒"的名字却如雷贯耳，无人不知，无人不晓。眼下，出师未捷，孟彪却一命呜呼。闻太师又气又恼，急令韩将军披挂上阵，速将哪吒擒来。

韩涛领命，喜形于色，手执钢鞭，脚蹬银鞍，打一声呼哨，带领一队人马飞驰而去。闻太师目送韩涛渐渐远去，自语道："不出一个时辰，就会拿获哪吒。"

韩涛设下伏兵，单骑直奔鹤云岭下，见旗杆顶上，果然悬着孟彪首级，顿时气焰熏天，冲哪吒营寨，喝骂连天。

哪吒见来者不善，气势汹汹，忙对众人道："又来一个凶神恶煞，谁去与他对阵？"

黑虎应声站出，自告奋勇，愿去决一胜负。敖丙也争先恐后，跃跃欲试。军士中有认识"喊一倒"的，连忙劝阻二位副将，说此人如何神奇，千万不可掉以轻心。黑虎与敖丙唯恐错失战机，并不把军士们的劝告放在心上，也不等先行官允诺，便飞身上马，杀出大营。

韩涛正声嘶力竭，拼命叫骂，忽见杀来两员小将，以为哪吒来战，便横眉怒目道："来者何人？快快通报姓名！"

黑虎与敖丙眼射怒火，齐齐答道："我兄弟二人，奉了先行官之命，要砍下你的狗头！"

韩涛见二位小将不肯报说姓名，又拿恶语伤人，早已气冲牛斗。若在往常，只消一鞭，便将他二人打落下马；而今日意在捉拿哪吒，何必因小失大？他思量片刻，强压怒火，举起钢鞭，似笑非笑道："二位小将，休要啰唆！快去请你家先行官来，我韩大将军饶你二人性命。如若不然，钢鞭无情！"

黑虎、敖丙目光闪烁，一个举刀，从右边劈来；一个拔剑，从左边刺杀。韩涛见势不妙，挥舞钢鞭，左右抵挡。黑虎初次上阵，却毫无惧色，将平时所学招数，尽力施展。敖丙精通剑术，变换花样，猛刺敌手。韩涛狡猾如狐，时攻时防，时进时退，手中钢鞭，如星移斗转，撞上刀剑，叮叮当当，闪出簇簇火花。敖丙见伤他不着，求胜心切，急中生智，念动秘诀，喷出一道白光。一瞬间，那白光化作冷风浓雾，顿时落下一阵冰雹。

韩涛唯恐中计，哈哈笑道："好凉爽！好凉爽！"两眼眯成一条线，拨马而去。敖丙急忙收住云雨，喊上黑虎，紧紧追赶。

黑虎真不明白，朗朗晴天，为何突然冰雹盖地？不禁懊丧道："唉，真没想到，一阵冰雹，倒救了他的狗命！"

"黑虎兄弟，不必懊恼！"敖丙解释道，"方才那阵冰雹，并非从天而降。"

黑虎惊疑道："莫非哥哥你也有呼风唤雨之术？"

敖丙笑道："此乃我家龙王所授秘诀。若是'喊一倒'迟走一步，那冷风冰雹，必将伤他性命。"

黑虎听罢，敬佩道："好，好！咱们快追上'喊一倒'，你用仙术制服他！"

二人一鼓作气，追到前边三岔路口，正犹豫时，忽见一队伏兵，从崖边杀来，将他二人团团围住。黑虎见寡不敌众，忙催敖丙快降冰雹，冻僵伏兵。敖丙跃马挥剑，大喊一声："天赐良机，还不就势杀个痛快！"

黑虎应道："好！跑了'喊一倒'，咱拿他的伏兵开刀！"二人如雄狮猛虎，砍杀起来。只见二人雄勇猛健，以一当十，刀起剑落，电光石火，杀得敌兵人仰马翻，屁滚尿流，如风扫落叶，纷纷溃逃。黑虎越战越勇，便乘胜追击，敖丙却拦阻道："好兄弟，见好就收，谨防中计！"

黑虎怏怏不乐，道："没拿到'喊一倒'，咱有何脸面去见先行官？"

敖丙笑道："'喊一倒'老奸巨猾，佯装败逃，不料却设下伏兵，来阻截你我兄弟。可这些伏兵，个个酒囊饭袋，不堪一击。那'喊一倒'不会甘休，必定卷土重来，咱们快去报与先行官有所防备，免得误了大事。"

经敖丙一说，黑虎才清醒过来，他连连称赞道："哥哥有勇有谋，俺佩服你！"说罢，二人返回营寨，见了哪吒，将韩涛败逃、杀退伏兵一节，细说一遍。哪吒听罢，十分欣喜，吩咐二位副将进营帐歇息。

再说韩涛逃出五里之外，望见伏兵丢盔弃甲，狼狈不堪，不禁叹道："我乃赫赫大将，却一败涂地，岂不徒有虚名！"又想到，此番来擒哪吒，却连他人影也没见到，若被闻太师知晓，也难饶我性命。思前虑后，抖擞精神，驰骋骏马，重返哪吒营寨叫战。

哪吒闻声，踏风火轮出营，朗朗说道："韩将军，我哪吒正等着你呢！""喊一倒"一听哪吒的名字，心中大喜，朝哪吒一看，奇怪！这先行官为何只踩风火轮，没骑着马呀？嘿，管你骑马骑驴呢，我只要大喊一声哪吒的名字，你就是腾云驾雾，也得摔下来！"喊一倒"老眼昏花，眯着双眼仔细一瞅，哟！这先行官粉红脸蛋，原来是个英俊少年呀？我韩大将军像你这年岁，还吃娘奶哩！难道说你们西岐的人都死绝啦？怎么尽打发些孩子来跟我瞎起哄！呸，小看人！什么先行官，我当是什么威武大将呢！趁早滚回去，再去吃点娘奶吧，等长成个人样再来见我。我眼下与其用绝招，还不如拿钢鞭去抽个蚂蚁开心哩！再说，我身为堂堂大将军，就是一鞭抽死你这小东西，说真的，我还于心不忍呢！况且，纵然将你捉拿回去，无异于老鹰抓到一只小鸡，给我也增添不了多少光彩。说不定，还会遭人耻笑。"喊一倒"左思右想，顿时心灰意冷，即刻拨转马头，策马回关。

哪吒疑惑不解，"喊一倒"为何不战而退呢？你不是有绝招吗？为何不来施展一下呢？难道你欲擒故纵，又设下了圈套？哼！你纵有狡兔三窟，我也要踏平你的巢穴！眼见"喊一倒"快马加鞭，越跑越远。哪吒忙踏风火轮，追赶上去，照准他坐骑后猛刺一枪。那骏马一惊，前蹄腾空，仰天长啸。韩涛猝不及防，一晃一颠，跌下坐骑。那骏马嘶叫着，丢下它的主人奔驰而去。"喊一倒"骨碌碌翻身坐起，双目圆睁，怒视哪吒。

哪吒扑哧一笑，上前说道："韩将军，你快起来！我不伤你。"

韩涛恼怒万分，一跃而起。心想，你个乳臭未干的顽童，胆敢如此无理，看我饶得了你！只见他口中念念有词，呼呼两下，喷出两道黑光，直冲哪吒射来。接着，又大喊一声："哪吒下轮！"

说时迟，那时快，两道黑光化作两颗黑珠，眼看要打到哪吒脸上。不料哪吒早有防备，伸出手来，轻轻一抓，接住两颗黑珠，哈哈一笑，道："韩将军，再送我两颗黑珠玩赏，好吗？"

韩涛见哪吒脚踏二轮，不摇不晃，十分纳闷，心里一急，又连喊两声："哪吒下轮！哪吒下轮！"说着，举起钢鞭，向哪吒打来。

哪吒大笑一声，先抛出一颗黑珠，不偏不倚，正中韩涛左眼。韩涛惊叫一声，忙用左手捂住左眼，单手飞鞭，扑打哪吒。哪吒又大笑一声，一不做，二不休，再抛出一颗黑珠，将他右眼打个正着。韩涛惨叫一声，钢鞭落地，双手捂面，胡乱喊叫："哪吒下轮！哪吒下马！哪吒……"

哪吒本是莲花化身，韩涛的绝招对他根本不灵。哪吒心中有数，大笑不止："韩将军，实话实说，我哪吒不骑马，不骑驴，我踏的是风火轮！这是乾元山金光洞太乙真人送我的宝物，任你喊破天，也无济于事！"

韩涛一听，顿时心惊肉跳，魂飞魄散，后悔自己有眼无珠，小看了哪吒。事到如今，两眼一抹黑，跑又跑不了，躲又躲不掉，只等一死吧！他扑通一下，倒在地上，咬牙切齿道："哪吒！你快割下韩大将军的头，去见姜子牙报功领赏吧！"

哪吒暗想，你那绝招虽然对我不灵，可往后，也许有用得着你的时候，不如饶你一死，留条活命吧。于是，笑道："韩将军，你想死，没那么容易！"说罢，扯上韩涛，带回营寨，吩咐士兵好生照管他。韩涛心怀疑惧，觉得哪吒年纪虽小，却宽宏大量，相比之下，自惭形秽。为讨好哪吒，他当着众人，跪倒在地，左一声长，右一声短，甜言蜜语，把哪吒夸个天花乱坠。哪吒越听越恼，一把揪住他衣领，喝道："你少啰唆！谁稀罕你奉承人！"

韩涛浑身发抖，忙说："小人该死！小人该死！"

正在这时，忽听哨兵报说："武王驾到。"哪吒闻听，命两名士兵看守韩涛，便率领众人出门迎接。一见武王、姜子牙等人，急忙上前施礼。武王询问哪吒，关上有何动静？哪吒遂将斩杀孟彪、活捉韩涛一事，禀报一番。武王闻听，心中大悦，连声赞道："好，好！先行官旗开得胜，当记头功！"

哪吒一笑，道："不敢当，不敢当！还没攻下飞龙关，领功有愧。"

姜子牙捋着银须，笑道："韩涛乃是闻太师一员得力干将，今日被你活活捉住，如同剜了太师的心肝。况且，此人有一技之长，拿到他还真不易呢！"

"相父，"武王半信半疑地问道，"韩将军果真能把人喊下马来吗？我真不信呢！"

"耳听为虚，眼见为实。是真是假，不妨一试。"姜子牙回答道。

"好，咱就试上一试，看他灵也不灵。"武王说罢，兴致盎然，进了营门。

哪吒抢先一步，急令士兵押来韩涛。姜子牙下了坐骑，走上前来，在韩涛的肩膀上，轻轻拍了两下，道："韩涛韩大将军，还认得我姜子牙吗？当初在朝歌时，我常劝说你的话，可曾记得？"

韩涛闻听姜子牙的声音，两手抱拳，扑通跪倒，连连拜道："姜丞相！你当初劝我，别人前一套，背后一套，别溜须拍马，别阿谀逢迎，别朝三暮四……可我有眼不识泰山，你的金玉良言，我一句也听不进去。当初，我要听你的话，跟你奔西岐来，即使没混上个一官半职，也不至于瞎了两眼！"

哪吒一气之下，揪住他一只耳朵，怒道："听你的话音，你瞎了眼睛，倒来怪罪别人？"

韩涛磕头如捣蒜，连声拜道："哪里，哪里！都怪我有眼无珠！"

姜子牙掏出一粒丹药，送入韩涛口中，说："快吞下去！"韩涛觉得满嘴苦味，心想这下可完了！不料，稍过片刻，突然眼前一亮，便惊喜道："啊，姜丞相，你使我重见光明，请受我一拜！"

姜子牙一把推开他，道："你快站起来，叫你做一件事！"

韩涛受宠若惊，服服帖帖地说："丞相有话，自管吩咐，你的大恩大德，我至死不忘，愿尽犬马之劳。"

姜子牙走到武王跟前，让他坐稳当点。随后，向韩涛吩咐了几句。韩涛一惊，倒吸口凉气，连忙说："使不得！使不得！这不是要我的命吗？"

姜子牙半嗔半怒道："你休要顾虑，露一手绝招，没你的坏处。"

韩涛一听大有好处，立刻动了心，就满口答应下来。

武王攥紧缰绳，远远盯着韩涛。韩涛往前挪了几步，猛然间，声似霹雳，大喊一声："姬发下马！"

武王一听他指名道姓喊叫，不免有三分气恼，七分可笑。不料那马前蹄腾空，武王身子一晃，突然一头栽下。幸好早有士兵保驾，这才没摔在地上。姜子牙走到武王面前，见他平安无事，就问："这回你信了吧？"

武王哈哈笑道："百闻不如一见，果然名不虚传！韩将军有此绝招，不可不用，就封他为出征将军吧。"说着，把韩涛叫过来，与各位文官武将相见。

韩涛方才还胆战心惊呢，转眼间，就当上了西岐的出征将军，顿时心花怒放，眉飞色舞。他对武王拜了又拜，谢了又谢，立下誓盟，要将功赎罪。

哪吒把姜子牙拉到一旁，悄声问道："师叔，此人阴阳怪气，靠得住吗？"

姜子牙附耳道："闻太师兵多将广，扼守雄关。若猛打猛攻，难免事倍功半；若智取城池，这种人倒可助我们一臂之力。"哪吒心领神会，忙吩咐下去，暗中提防韩涛。

当天夜里，武王召集文臣武将，商议攻关之计。这时，只见一个黑影闪出营寨，深一脚，浅一脚，跌跌撞撞，直奔飞龙关。一到城门，就冲哨兵嚷道："我是韩大将军！快带我去见太师！快，快！"

两个哨兵一扑而上，七手八脚，扭住韩涛的胳膊，齐声道："'喊一倒'，你来得正好，我们等着接你哪！"

韩涛还蒙在鼓里，忙说："不用动手动脚，快前边带路，我有要事面见太师。"谁知哨兵不进城门，却架着他原路返回。韩涛觉得不对味，就大喝一声："你们昏头昏脑的，要干什么？"

哨兵答道："去见武王！"

韩涛惊问："你们是谁？"

哨兵又答："实不相瞒，俺叫黑虎，他叫敖丙，都是哪吒的副将。"扮成哨兵的黑虎和敖丙，用绳索捆住韩涛的双臂，连拉带拽，往前赶路。

韩涛吓出一身冷汗，拼命挣扎道："快放开我！我奉了武王之命，去见闻太师，有要事相商。"

黑虎冲他猛踢一脚："我家先行官料到你会来这一手，早撒下天罗地网，谅你插翅难逃！"

敖丙也朝他狠击一拳："敬酒不吃吃罚酒！看你见了我家武王，有何话说！"

韩涛做贼心虚，有口难辩，被抓回营帐，一见哪吒怒目而视，就痛哭流涕，装疯卖傻，说自己吃醉了酒，才私出营寨去了。

哪吒本想一枪戳死这个白眼狼，可一想，武王已封他为出征将军，要杀要斩，也得禀奏武王知道。他走出帐中，来到后营，见武王已经安歇，不便打扰，就来拜见姜子牙。

姜子牙闻听此事，哈哈笑道："哪吒，破关之计，正用得着他呢！"说着，如此这般，对哪吒细细说来。

哪吒听罢，笑逐颜开："刚才一怒之下，我真想宰了他！师叔，事不宜迟，快放他走吧！"

姜子牙走来，亲手为韩涛解下绳索，并和颜悦色道："韩将军，你辜负了武王的一片美意。你既然不愿意留下来，回到闻太师身边也好。"

韩涛惊呆了，忙说："不，不！我不走，我要死心塌地，为武王效力。"

姜子牙目光威严，直逼韩涛："那好，就给你一个立功的机会。你快去报知闻太师，限他三日之内献出城池。"

韩涛唯唯诺诺地说："这……这……我一定……照办。"说罢，拔脚出了营帐。哪吒传令，命黑虎带上一队精壮士兵，护送韩涛回关去见闻太师。

再说闻太师左等右等，迟迟不见韩涛归来，心中十分烦恼。直到黄夜时分，才见他慌忙进帐，闻太师勃然大怒道："好一个废物！你可曾拿到哪吒？"

韩涛苦笑一声，装腔作势道："骑驴的不知赶脚的累！我与哪吒战了半天，才将他拿获。我已将他枭首示众！人头就挂在鹤云岭下旗杆上，太师不信，可去一睹为快！"

闻太师信以为真，欣然夸赞了韩涛一番，又给他记下一功，随后命人摆下夜宴，犒赏这有功之臣。酒过三巡，韩涛借酒壮胆，又云山雾罩，添油加醋，自吹自擂，如何足智多谋，战败哪吒。闻太师喜不自禁，拍案而起，当即下令夜袭哪吒营寨。

韩涛正想报被擒拿之仇，便端起酒杯，敬献闻太师道："太师用兵如神！乘西岐人马立足未定，将他们来个一网打尽！"这韩涛心里早有打算，他知道闻太师也十分厉害，此次如能取胜，自己也可得个头功。万一闻太师出师不利，他也可将计就计，对姜子牙也好交代。这真是可进可退，两全其美之计。

星光惨淡，烟雾空蒙。闻太师连夜发兵，直逼鹤云岭下。此时此刻，闻太师坐墨麒麟上，心中半喜半忧。喜的是，听韩将军说已将哪吒斩杀，消除了后患；忧的是，朝廷三天两头降旨，怪罪他近来无所建树。平心而论，他何

220

尝不想早日荡平西岐，班师回朝？他曾三番五次奏请援兵，朝廷虽说满口允诺，可时至今日，却不见发来一兵一卒，真叫人竹篮打水，空喜一场。即使今夜拔下敌军营寨，就凭这些兵力，怎能应付日后恶战？他不敢往下多想了，只盼打个胜仗，安抚一下军心。

韩涛怕露马脚，神气活现，一马当先，飞马奔到哪吒营门，喊声如雷贯耳："姜子牙！快来迎接，闻太师献城来啦！"话音未落，只听扑通一声，连人带马，一齐掉进陷阱。韩涛丧胆销魂，连喊："救命！救命！"七八个兵卒上前扑救，也接二连三跌入陷阱。

闻太师闻报，急令三军围攻营寨。随后，赶上前去，连声呼叫："韩将军！韩将军！你在哪里？"

"闻太师，哪吒在此，有失远迎！"话音落处，风火轮呼呼有声，红光闪耀，哪吒从营中腾空而来。

闻太师见哪吒迎面杀来，才知上了韩涛的当。他悔恨莫及，一面怒骂韩涛死有余辜，一面催动墨麒麟腾在半空，迎战哪吒。二人枪来鞭往，鞭来枪迎，直杀得风流云散，月淡星疏。闻太师久经沙场，见多识广，并不硬打硬拼，待把哪吒精力耗尽，再后发制人。他一边应战，一边向下观望，只见哪吒营寨四下起火，不禁大喊一声："火烧营寨，正合我意！"

哪吒也脱口而出："营寨起火，正中我计！"

闻太师不解其意，再往下一瞧：原来营寨空空，并无西岐人马！他正惊异之时，哪吒念了秘诀，已变作三头六臂。闻太师见他这般神气，不寒而栗。

哪吒向上一跃，将他头上金盔一枪挑下，朗朗笑道："太师！来，来，来，再战几个回合！"

闻太师盛怒之下，挥舞双鞭打将过来，谁知用力过猛，向前一闪，跌落下去。那墨麒麟弃主而逃，不知去向。哪吒本想在空中大显神威，不料大失所望。他急忙变成原来模样，踏风火轮，降落在营门之前。这时，埋伏在鹤云岭下的西岐将士，齐齐杀来，万箭劲射，将闻太师的人马杀伤大半。

哪吒见了武王和姜子牙，将闻太师从半空中落地一事禀报一遍。武王道："素闻闻太师神机妙算，为何今日一筹莫展？"

姜子牙笑道："可怜孤臣孽子心，难防朝中暗箭来。"

武王叹道："独木难支，孤雁难鸣！快寻到太师的下落，劝他弃暗投明。"

众人分头寻找，终于发现了闻太师的下落。说来真巧，他恰恰也掉进营门前的陷阱，偏偏又见韩涛苟延残喘，拼命挣扎。闻太师大怒，一剑扎进他的心窝。而后，仰首望天，气恨难平，伤心落泪，想道：我闻仲数十年来，东挡西杀，南征北剿，为殷纣王朝，立下汗马功劳。不想今日，中了四面埋伏，被困陷阱，身受重伤，手下兵卒，伤亡殆尽，但我死里逃生，并非不可，依靠道术，腾空而起，任你姬发、姜尚，兵卒再多，将官再勇，也奈我不得！可恨昏君，宠爱奸妃，听信谗言，陷害忠良，不发一兵一卒，使我内无粮草，外无援兵，又道我损兵折将，庸碌无能，意欲拿我问罪，明正国典！这，叫人前进不能，后退无路，我有何面目再活在世上？天地之大，哪里是我存身之处？想到此，不禁老泪纵横，弃世之念油然而生，遂拔剑自刎。可叹闻仲如此下场，一缕英魂，奔赴九泉。

哪吒见闻太师已死，随即带领精壮兵卒，去攻克飞龙关。

第十二章

魔窟洞里

话说闻太师中了姜子牙之计，坠落陷阱，顿时万念俱灭，拔剑自刎，一命呜呼。城中守军闻风丧胆，弃城归降。关内关外，男女老少，牵羊担酒，犒赏西岐将士。

　　攻下飞龙关，西岐将士军威凛凛，士气更加高涨。武王下令，乘胜前进。哪吒仍然充当先锋，率领精兵数千，向东进发，直取飞虎关。

　　消息传到朝歌，纣王大惊失色，悲叹道："闻太师惨遭不幸，令人痛心疾首！朕要亲自上阵督战，剿灭西岐！"

　　妲己听到闻仲命归西天，不禁暗暗窃喜。可一听天子说要亲自出马，顿时细眉紧蹙，情意绵绵地双手挽住纣王，眼含泪珠道："陛下！前者，闻太师放走黄飞虎，已是死罪；今又献城归顺，自知离经叛道，无脸再见陛下，只有死路一条。再说，他即是不死，当了武王的降将，对陛下又有何好处？依婢妾之见，为了一个闻太师，陛下不必大惊小怪，悲伤叹息！亲临阵前，实属下策。那两军对阵，非死即伤，陛下若有个三长两短，留下我孤单单一人，如何是好？陛下若是真要去呢，那我就陪你前往，与你同生同死，决不分离。"

纣王见妲己柔情蜜意，顿时转悲为喜。他微睁醉眼，淡然一笑，道："爱妃放心！朕与你相亲相爱，难分难离！朕一时心血来潮，说出一句气话，你也别当真。不过，朕也确实担心，万一武王打来都城……"

妲己嗤嗤地笑道："这倒不用陛下操心！别看妾出身名门，到时候，自有办法对付他们！"

纣王一听，开怀大笑，传令宫女，再来进酒。从夕阳斜照，直饮到月上中天，纣王酩酊大醉，一头倒在龙床，昏昏入睡。

妲己一心要迷惑纣王，剪除忠良，宰割百姓，却不料西岐发兵如此迅猛！眼看大难临头，危在旦夕，怎不令人心急如焚？她见纣王沉入醉乡，不省人事，乘机离开深宫，化作一缕青烟，飘然而去。不多时，飘到飞虎山魔鬼窟，现出狐狸精原形，拜见了红魔大王，如此这般，面授机宜。然后，又往九龙潭、精灵洞转了一遭，直到天色微明，才飘飘荡荡赶回皇宫。

红魔大王奉了妲己之命，立刻召来魔家八怪，欣喜若狂地道："魔儿们！听着！方才狐狸娘娘吩咐下来，说西岐武王带领数万人马，驻扎在飞虎关外。你们谁去拿来武王，叫咱爷们儿开开荤，尝尝鲜！"

魔大抢着说："父王，孩儿早馋得慌啦！"

魔二接茬道："父王，孩儿早流哈喇子啦！"

魔三、魔四、魔五、魔六、魔七、魔八，七嘴八舌大嚷大叫，这个争着要去，那个闹着要走。

红魔大王大喊一声："别吵吵啦！为了一个武王，值不得都去。老大、老二，你哥俩辛苦一趟吧！"

魔大拎上长剑，魔二挎起短刀，二人各骑一头花斑豹，高高兴兴下了山。不到半个时辰，二人来到西岐大营，齐声呐喊道："谁是武王？还不快滚出来受死！"

黑虎陪着黄飞虎正在巡视营寨，忽见两个青面獠牙的魔怪乱喊乱叫，就上前喝道："呔！青天白日，到此取闹，是何道理？"

二魔根本不把他俩放在眼里，仰起骆驼似的脑袋，嘻嘻哈哈，狂笑一阵，不耐烦地说："快叫武王来答话！再废话，就把你们一老一少抓到魔窟洞，也够我们爷们儿饱餐一顿了。"

"什么东西？也敢在俺面前撒野！"黑虎面带怒色道，"快滚开！俺一刀下去，就没你们的活命了！"说着，举刀要砍。

"慢来！"黄飞虎一把拉住黑虎，悄声吩咐几句，然后走到二魔跟前，指着身旁一杆大旗，笑道："这中军大纛，乃是武王亲手所立，二位若能将它拔动，武王不请自来，如何？"

二魔见旗杆上黄底红字，"周武王"三字赫然醒目。二人欢天喜地，齐声说道："我家山寨上，正少一杆大旗，不妨扛回去，也叫我们威风威风！"说罢，跳下花斑豹。魔大抢先一步，伸手要拔，魔二飞来一脚，将他踹倒；魔二刚抱住旗杆，魔大狠命一扯，又把魔二拽开。二魔争执不下，只好一齐动手，一个吭哧吭哧，一个呼哧呼哧，累个半死，也没拔动。

黑虎回到营中，请来哪吒。哪吒见二魔摇动旗杆，不禁大怒，忙从豹皮囊中掏出遁龙桩，口念咒语，往空中一抛，忽听一声巨响，接着落下一团火球，滚到旗杆底下。二魔吓了一跳，刚要松手，顿感火烧火燎，四只魔爪如枯藤缠树，粘在旗杆上，再也动弹不得。哪吒一枪刺来，正中魔大后心。魔大惨叫一声，化道白光去了。魔二见势不妙，急忙哀求哪吒饶命。哪吒也不刺他，拿枪比画着道："快说！谁叫你们来的？"

魔二慌忙答道："我家父王，命我兄弟二人，前来活捉武王。"

"俺先砍下你的骆驼头吧！"黑虎怒不可遏，举刀砍来。武王急忙赶来，喝住黑虎，走到魔二跟前，微微一笑道："我便是武王！你快带路，我随你去见你家父王。"

魔二双目紧闭，缩头缩脑，连说："不敢，不敢！"

哪吒用枪头敲着魔二的骆驼头，问他为何要捉拿武王。魔二不敢隐瞒，只得说出真情。黑虎一气之下，飞身扑来，咔嚓一刀，将魔二砍杀。只听魔二吼叫一声，化道黑光去了。哪吒埋怨道："哥哥，你何必性急？我还有话问他！"

黑虎嘻嘻笑道："再迟一步，又轮不到俺砍啦！"

哪吒也情不自禁笑道："这下叫你捡了个便宜，可惜不能给你记功。"

黑虎赌气道："你就是给俺记功，俺还嫌寒碜呢！瞧着吧，这回攻打飞虎关，俺要立个头功！"

不过，出乎意料，黑虎左等右等，不见攻城的消息。他找到哪吒，探听情由。哪吒笑道："你别着急，姜师叔自有安排。"

黑虎一听，闷闷不乐，正想转身回营，忽见姜子牙信步走来。他急忙迎上去，拉住姜子牙问道："老丞相，今日不打飞虎关，更待何时？"

"不杀红魔大王，难取飞虎关。"姜子牙和颜悦色道，"你随武成王先去捣毁红魔大王的巢穴，然后再下山破城。"

黑虎喜出望外，连蹦带跳，喊道："俺要活捉红魔大王，立个大功，让俺爷爷高兴高兴！"说罢，冲哪吒嘻嘻一笑，回营待命去了。

日上三竿，红日耀耀。营门内外，金鼓齐鸣。黄飞虎骑五色神牛，率领一队人马，辞别武王等人，直奔飞虎山。来到山前，抬头一望，但见怪石林立，峭壁如削，水流击水，淙淙有声；又见山青叠翠，红桃绿柳，白云笼罩，如火如烟。黄飞虎仰天笑道："好一派山光水色！待日后天下平定，我便告老还乡，到此颐养天年，岂不美哉！"

"黄将军！"黑虎脱口而出，"到那时，俺也陪你来，共赏山景。"

金吒、木吒在一旁笑道："黑虎，你倒想得开！爷爷、娥儿他们，你就不管啦？"

黑虎憨笑道："谁说不管？兴许，他们还不愿意离开西岐呢！"

众人说说笑笑，催马进山，幽径弯弯，马踏青苔，一步一滑，两步一跌。寻寻觅觅，无路可行，黄飞虎急令士兵下马待命，却将黑虎拽上五色神牛。黑虎正莫名其妙，只见黄飞虎一拍神牛，腾空而起，在巍巍青峰中穿行。黑虎双手抱住黄飞虎后腰，左顾右盼，好不惬意！眼见石壁悬崖上，古藤缠绕，猿猴嬉戏，蛇蟒蹿动；耳闻深山密林之中，龙吟虎啸，鹤唳莺鸣。黑虎觉得十分有趣，暗暗叫绝。黄飞虎回头喊道："黑虎，千万当心！魔窟洞就在眼前！"

魔窟洞前，怪石嶙峋，犬牙交错，阴风森森，妖雾漫漫。魔家父子扼守洞口，手执刀枪，虎视眈眈。见一神牛飞来，魔三、魔四摩拳擦掌，嚷道："父王，先下手为强！连人带牛，一齐收拾了吧！"

红魔大王也不搭话，急忙抛出一颗劈天珠，照准神牛狠狠打去。那神牛不慌不忙，把嘴一张，将劈天珠吞进肚里。

红魔大王大吃一惊，飞身骑上蟒怪，说声："飞！"凌空而起，来战神牛。

黄飞虎一拍神牛，忽上忽下，躲避蟒怪。红魔大王乘势抛来一颗劈天珠。

黑虎不及提防，一珠打来，正中后背，哎呀一声，跌落下来，正好掉在魔窟洞前。魔三、魔四，一齐动手，拿住黑虎，送入洞府。

黄飞虎料知黑虎性命难保，又急又恼，忙催动神牛，挥舞利剑，来刺蟒怪。红魔大王接连抛珠，恰中神牛犄角。神牛吼声震天，猛冲上去，连蟒带人，一口吞下。谁知红魔大王在牛肚里不甘寂寞，胡乱折腾。那神牛腹胀如鼓，疼痛难忍，一头栽地，落在乱石丛中，哞儿哞儿地叫个不停。黄飞虎也顾不得神牛是死是活，急急忙忙杀进魔窟洞，寻救黑虎。

魔五、魔六、魔七、魔八，眼见父王被神牛吞吃，慌慌忙忙逃回洞里。魔三、魔四闻知父王钻进神牛肚里，哈哈笑道："弟兄们别急！父王神出鬼没，说不定他用了什么妙计。来，来，咱们先把这个小的杀掉，解解馋吧！"

魔五、魔六说："好，好！这小的细皮嫩肉，一定很香。"

魔七、魔八说："不成！不成！不等父王回来，谁也别想独吞！"二人上前，将昏迷中的黑虎送进水牢。魔三、魔四垂头丧气，骂骂咧咧。魔五、魔六长吁短叹，哼哼唧唧。魔七、魔八关紧牢门，招呼四位魔兄，快去搭救父王。

六魔正待出洞，忽听一声怒喝，顿时惊呆，定睛一看，只见一员武将，威风凛凛，杀进洞府。魔五、魔六惊呼道："就是他的神牛，连人带蟒，一齐吞下！"魔三、魔四暴跳如雷，齐声喊道："拿住老贼，剥皮抽筋！"

魔家兄弟手持刀枪棍棒，一齐扑上。黄飞虎身经百战，敌手万千，却不曾与这等魔怪交锋，不禁大笑道："想活命的，一边闪开；想找死的，刀剑说话！"

魔七、魔八闻听此言，忙对魔兄道："你们四位先收拾他，我二人去搭救父王！"一个提吴钩剑，一个提雁翎刀，躲躲闪闪，溜之大吉。

剩下四魔，鼓足勇气，刀棍并举，乱劈乱打。黄飞虎双剑齐舞，变化无穷，疾如闪电，快似流星，上下翻飞，密不透风，左右进击，气贯长虹。四魔战了三五回合，手中刀锋卷刃，棍棒折断，个个惊恐万状，匍匐在地，犹如惊弓之鸟，丧家之犬。

黄飞虎正待斩杀四魔，忽听嗖嗖两声，飞来两颗劈天珠，正中后心！哎呀一声，双剑坠地，英雄遭难，断送性命。

四魔见状，先是目瞪口呆，继而欢欣雀跃，一齐上前，将黄飞虎四肢捆牢，又拿棍棒乱捶乱打，以报心头之恨。

"哈哈哈……"一阵狂笑，红魔大王一瘸一拐，出现在四魔眼前。

四魔惊喜若狂，丢下棍棒，齐齐跪拜道："父王！你这腿脚，被何人所伤？"

红魔大王连声嗟叹，用手一指魔七、魔八，怒道："都怨他们莽莽撞撞，不加小心！"

魔七、魔八争辩道："这怎么能怪我们呢？我们刚剖开神牛肚皮，谁知父王迫不及待，乱踢乱蹬，三下两下，把腿脚撞在了刀口上！"

魔三、魔四说："父王息怒！大难不死，必有后福。"

魔五、魔六说："魔七、魔八搭救父王有功，回头挖出那老贼的心肝，赏给你们吃！"

魔七、魔八说："把老贼的心肝献给父王吧！我们要吃那小的的心肝！"

红魔大王见八个魔儿少了两个，不免伤心落泪道："魔大、魔二一去不返，定是凶多吉少。不过，咱爷们儿也不吃亏，一对儿换一对儿。大家都辛苦了，快点火烧油，将那一老一小炸了吃吧！"当即吩咐下去，魔三、魔四去倒油，魔五、魔六去点火，魔七、魔八去放哨。

魔七、魔八领命出洞，四下张望，寂然无声，生怕误了吃人心肝，转眼间又折回洞府。正在这时，金、木二吒落下云端，忽见乱石丛中，五色神牛被蟒怪盘绕，四脚朝天，无声无息。二人不敢怠慢，跃身上前，举刀猛砍，咔嚓一声，蟒头滚落，又将蟒怪斩作数截。

金、木二吒杀死蟒怪，又寻找多时，不见黄将军与黑虎踪影。二人焦急万分，来到魔窟洞前，正要进洞，忽见魔七、魔八探出头来，齐声喝道："呔！站住！二位到此，有何事干？"

金吒暗想，兵不厌诈，不妨诈一诈他，也许能探听出黄将军的消息，就说："我们从飞虎关而来！奉张总兵之命，来擒拿西岐二将。你们快把人交出来，总兵定有重赏！"

魔七哼了一声："你家总兵倒不呆！为这一老一少，我家父王险些丧了性命！"

魔八哈了一声："重赏不重赏，我们才不稀罕呢！回去对张总兵说，让他找回我家魔大、魔二，我们再拿西岐二将与他交换。"

金吒从二魔口中，已听出眉目，料知黄将军与黑虎身陷魔窟，他想快回营寨，报知武王。于是，脸色一沉，悻然说道："魔家兄弟真不讲情面！若激怒我家总兵，叫你们倾巢覆灭！"说完，拉上木吒，离开魔洞，踏云而去。

金、木二吒飞回大营，遇见哪吒，急忙报说："先行官，大事不好！黄将军和黑虎身陷魔窟，生死不明！"

哪吒听罢，大吃一惊，反身进帐，报奏武王、姜子牙知道。武王又急又恼，忙请相父快拿主意。姜子牙不慌不忙，平心静气道："红魔大王如此猖狂，我去与他见个高低！"

哪吒劝阻道："师叔去不得！军中大事，桩桩件件，靠你料理。孩儿闲来无事，还是我去吧！"

武王点头，表示赞同。姜子牙拊掌笑道："你愿代劳，自然很好！我是怕你太辛苦啦！既然如此，就请李将军与你结伴而去，也便彼此照应。"言罢，传令左右，请来李靖，当面吩咐一番。

哪吒欢欢喜喜，李靖也喜不自胜。父子二人退出军帐，念动咒语，脚踏祥云，转眼落到魔窟洞前。哪吒见洞门关闭，推了几把，纹丝不动，便拿出七宝金莲，轻轻一击，只听轰的一响，石门顿然碎裂。

魔窟洞里，群魔张牙舞爪，各执长刀短剑，围着黄将军的尸首，推推搡搡，都想争个头一刀。红魔大王站在描龙绘虎的石椅上，眼见油锅沸腾，突然狂笑一声："哈哈！魔儿们闪开，让父王来第一刀！"纵身一跃，跳下石椅。

魔家兄弟敢怒不敢言，悻悻地退到一边。红魔大王大摇大摆，提刀走来，在黄飞虎的胸脯上拍了两下，龇牙咧嘴道："若不是魔儿救我性命，我便葬身于神牛腹中！哼，就是挖出你的五脏六腑，也难消我心头之恨！今日能饱口福，理应感念狐狸娘娘。这第一刀肉，献给狐狸娘娘吧！"举起刀来，正待下手，忽听一声轰响，回头一看，烟雾缭绕中，闪出一个三头六臂的英俊少年！红魔大王惊愕道："你是哪路神童？敢来洞府滋扰！"

哪吒怒道："我乃是武王伐纣先行官哪吒！今奉姜子牙之命，前来搭救主帅黄飞虎与副将黑虎！"

红魔大王一听，转惊为喜。心想，姜子牙真是个老糊涂，那武王也是平庸之辈，连赫赫主帅都有来无回，难道你小小哪吒敢兴风作浪！你有三头六臂，我有八魔怪，谅你奈何不得！想到此，挺直腰杆，怒目圆睁，切齿痛恨道："哪吒听着！要见你家主帅与副将，倒也不难。不过，有言在先，你须将我魔大、魔二速速送还！"

哪吒理直气壮道："你那二魔，飞蛾扑火，已成灰烬！如若不信，刀剑为证。"说罢，将短刀长剑，铿锵掷地。

红魔大王定睛一看，见刀把剑柄上，果然有魔儿名号，顿时伤心惨目，疾言厉色道："魔儿们听令！为魔大、魔二报仇雪恨，快拿住哪吒，送下油锅！"

六魔手忙脚乱，弄枪舞棒，大呼小叫，齐齐扑上。红魔大王念念有词，喷云吐雾。刹那间，云雾变幻，化作雨箭冰锥，寒气袭人。哪吒禁不住打了个寒战，抖擞精神，迎战群魔。

魔三、魔四不知深浅，一个举棒，一个抢斧，照着哪吒扑面打来。哪吒踏起风火轮，红光闪耀，腾在半空，忽见黄飞虎双目紧闭，直挺挺躺在一条石凳上，才知他已然命赴黄泉。顿时，哪吒火冒三丈，义愤填膺，手持六般兵器，大喝一声："魔家父子，看我神通！"好哪吒，威风凛凛，上下盘旋，一手抛出金砖，将魔三打倒，一手扔出乾坤圈，正中魔四脑门！红魔大王见哪吒连伤二魔性命，心如刀割，痛彻肺腑，将劈天珠接二连三打向哪吒。哪吒急忙张开豹皮囊，只见那颗颗神珠，像长了眼睛一般，通通钻入囊袋。魔五、魔六见哪吒一时定住不动，冷不防蹿上去，锤棍交加，扑打风火轮。哪吒眼观六路，耳听八方，任他魔怪刁钻，也难靠近。哪吒用力一踩，双脚踏住二魔头顶。魔五、魔六喊声："不好！"锤棍落地，一齐栽倒。哪吒就势拿枪一挑，二魔一先一后，落入油锅，红魔大王万没料到，滚开的油锅，没炸成西岐二将，倒炸了自家魔儿！真是气杀人也！

魔七、魔八眼见魔兄顷刻丧生，忙把刀剑一扔，在地上滚了几下，一个变成了猿，一个变成了猴，正待逃跑，不料被哪吒抛来的混天绫裹住。红魔大王见哪吒有这么多奇珍异宝，自知抵他不住，暗想：不如脱开身去，速去搬请狐狸娘娘，来降伏哪吒，以报杀子之仇。于是，怒喝道："哪吒，你欺人太甚！我饶不了你！"一躲一退，转身溜走。

哪吒正要拿神火罩罩他，忽听一声轰响，只见一座玲珑金塔，从洞口飞来，光焰万道，灿烂夺目，将红魔大王牢牢罩住。哪吒定睛细看，那金塔与神火罩一般神奇，烈焰升腾，如龙飞蛇舞。红魔大王鬼哭狼嚎，连喊："饶命！饶命！"

哪吒心中大喜，摇身一变，现出本相，跃身上前，拍手笑道："烧！烧！叫你的狐狸娘娘枉费心机！"

红魔大王哪里经得住火烧，不多时，便烧出蜈蚣精原形，上蹿下跳，东冲西撞，几经折腾，化成灰烬。烟雾缥缈中，李靖从洞口走来，收了金塔。哪吒一见父帅，笑道："这金塔果真厉害！"

李靖心想：太乙真人密授金塔，原本是为制服你哪吒的，没想到，今日在魔窟洞里，倒派上了用场！他苦笑了一下，四下一望，一眼瞥见黄飞虎尸首，急忙扑到石凳前，左一声"黄将军！"，右一声"武成王！"，热泪滚滚，悲哀哽咽。

李靖声泪俱下，将黄将军掩埋起来。哪吒也想大哭一场，痛悼死难英灵。但转念一想，副将黑虎还下落不明，便忍住悲痛，收回乾坤圈等宝物，四处寻找黑虎。谁知那猿、猴不曾裹死，当哪吒收去混天绫之后，只觉浑身酸痒，忍无可忍，倒在地上，来回打滚。翻来滚去，不料又变成魔七、魔八模样。二魔见父兄俱亡，无路可逃，便一齐上前拉住哪吒，苦苦求饶道："请将军饶命！都怪父王无事生非，闯下大祸！我兄弟二人年岁还小，不愿早死，甘愿降顺将军，立功赎罪……"

哪吒笑道："好！你们迷途知返，改邪归正，就饶你们不死！不过，我问你们，这黄将军被何人所害？"

"被我家父王用劈天珠击中。"二魔齐答。

"副将黑虎，现在何处？"

二魔怕连累自己，招来杀身之祸，挤眉弄眼，缄默无语。

哪吒喝问："你们可想立功赎罪？"

"想！"二魔同声回答。

"好！"哪吒正言厉色道，"隐瞒真情者，立斩！说出黑虎下落者，立功！"

二魔一听，眉开眼笑，转身跑去，打开水牢，抬来黑虎，放在哪吒跟前。

哪吒跪倒在地，见黑虎满脸伤痕，呼吸微弱，顿时泪珠滚落，轻声呼唤："黑虎哥，黑虎哥！"

李靖闻声走来，低头一看，见黑虎伤势不轻，连声嗟叹，不知如何是好。

魔七、魔八羞愧难当，忙对哪吒说："我家父王藏有丹药，不妨取来服用。"

哪吒连连摆手道："不用，不用！我身带仙药，可镇痛治伤。"说着，掏出仙人草紫花，轻轻捻碎，抹在黑虎伤口，又低声呼唤："黑虎哥，你醒醒！仙人草能治好你的伤……"

顷刻间，黑虎嘴角一动，微睁双眼，凝视哪吒，口中喃喃自语，仿佛在问："黄将军他在哪里？"

哪吒眼泪汪汪，抽抽噎噎道："黑虎哥，黄将军歇息去了。"

黑虎微微一笑，慢慢说道："俺也睡了一觉，还做了个好梦！梦见了仙人草……"

哪吒惊喜道："黑虎哥，你当真梦见了仙人草？"

黑虎点点头："嗯，俺还梦见了爷爷和娥儿呢！他们跟俺说了好多话，叫俺别想家，跟着武王，一直打到朝歌……"

哪吒见黑虎伤势好转，吩咐魔七、魔八，背上黑虎下山。二魔受宠若惊，争着要背黑虎。黑虎一见二魔怪模怪样，双手一推，一跃而起，指着二魔骂道："滚开，滚开！谁稀罕你们来背？你家魔王用劈天珠将俺打下神牛，险些丧命，再叫你们背俺下山，走在半路，不被你们暗算才怪！"

哪吒解释说，魔七、魔八愿意悔悟，弃暗投明。李靖也再三劝说，黑虎才相信，忙对二魔道："既然这样，也不用你们背俺，就陪俺下山吧！"

行至半路，哪吒才将黄飞虎殉难之事，告诉黑虎。黑虎听罢，顿时惊呆。突然，"哇"的一声，抱头大哭起来。这哭声，震天撼地，在飞虎山久久回响……

第十三章

红衣女将

话说哪吒一行回到大营，急忙拜见了武王、姜子牙，将黄飞虎殉难一节，哭诉一遍。武王闻听，捶胸顿足，泪水纵横。姜子牙更是哀戚悲叹，伤悼不已。黑虎泪痕点点，心如刀绞，想到坐在五色神牛上的情景，按捺不住，又"哇"的一声，痛哭起来，连喊带叫："黄将军，俺要为你报仇！俺要为你报仇！"

　　姜子牙潸然泪下，对众人道："武成王捐躯报国，名垂青史！待日后攻下都城，再设酒祭奠将军亡灵。"

　　李靖劝住黑虎，要送他到后营歇息。黑虎抽抽搭搭，执意不去。哪吒上前，一把拉住他道："不养精蓄锐，回头攻打飞虎关，你能受得了？"

　　黑虎见哪吒疲惫不堪，神情恍惚，就说："你太累了，也该歇息歇息!"

姜子牙疼爱小将，命令二人同去歇息。

不料，哪吒刚出军帐，一阵冷风，迎面扑来。顷刻之间，只见哪吒浑身上下，瑟瑟发抖，一摇三摆，昏昏欲倒。黑虎慌忙架住，又扶回帐中，连声叫道："哪吒! 你怎么啦? 快说话呀!"

哪吒倒在床上，满脸淌汗，四肢抽搐，紧闭双眼，一声不吭。武王连叫三声，也无反应，忙请相父，快拿主意。姜子牙攥住哪吒双手，觉得冰凉，急问李靖："在魔窟洞里，哪吒可曾受伤?"

李靖沉吟道："谁也不曾伤他。"

"红魔大王可曾用过仙术?"姜子牙又追问一声。

李靖回答道："我扼守洞口，接应哪吒，不曾见到谁用仙术。当我杀进洞府时，仿佛置身于冰窖之中，寒气刺骨，手脚麻木。"

黑虎插言道："红魔大王会不会暗投神珠，击伤哪吒? 当时，魔七、魔八在场，一问便知。"

姜子牙立即传令，魔七、魔八忙来进见。魔七、魔八听哪吒突然病倒，不等姜子牙发问，便齐跪拜道："我家父王作恶作孽，本想用神珠击中哪吒。谁知哪吒神通广大，张开豹皮囊，将神珠一一收住。不过，父王早使出看家本领，喷云吐雾，化为冰霜，如箭穿心，如刀剔骨，任你钢打铁铸，三日之内，不死即伤……"

姜子牙一听，恍然大悟。原来哪吒是莲花化身，不惧风雨，却忌冰寒。他若是伤了筋骨，姜子牙倒不发愁，可偏偏遭此灾难，真是无能为力。姜子牙银眉紧蹙，想来想去，只好派李靖速往乾元山金光洞，去向太乙真人求救。

李靖领命出营，念了咒语，驾起祥云，快如流星，急如星火，不到半个时辰，已落在金光洞前。金霞童儿认得李靖，也不多问，领他径直来见太乙真人。

太乙真人手执拂尘，端坐在碧游床上，闭目静养。忽听童儿报说："托塔天王李靖拜见！"

他双眉一扬，两眼微睁，见李靖毕恭毕敬，跪拜床前，便呵呵笑道："将军到此，又有何事？"

李靖站起身来，又施一礼，这才把哪吒如何充当先行官，如何杀敌立功，如何病倒，有头有尾，有声有色，详详细细，和盘托出。太乙真人听罢，已解其意，微微一笑，睁大双眼，惊叹道："哦！智者千虑，必有一失！哪吒不幸遭难，也是贫道一时疏忽。当初，哪吒莲花化身，竟忘记与他服上一粒御寒仙丹！"说罢起身，移步下床，走到炼丹炉旁，择取三味异花，七味异草，放入炉内。又连吹三口仙气，旋即晃动拂尘。顿时，缕缕清香，扑鼻而来。太乙真人炼出一粒御寒仙丹，装入金盒，然后转过身来，交李靖收好，催他火速回营，救治哪吒。

李靖谢过太乙真人，退出洞府，乘云驾雾，飘行在朗朗晴空。行至半路，猛然间，电光四射，天雷轰顶，狂飙大作，飞沙走石。李靖如断线风筝，东飘西荡，料知不妙，急忙收了云头，暂且落地避难。

李靖落下地来，凝神注目。远处奇峰，巉岩耸峙，瀑布奔流，如飞白练；近有深潭，波光涟涟，潭中怪石，险峻峥嵘。李靖早已唇焦舌干，见眼前山环水绕，甘泉清冽，不免喜上心头。一个箭步，跨到溪畔，俯伏在地，低头畅饮。忽听轰隆一响，一块巨石飞滚而下，不偏不倚地砸在李靖腿上。李靖躲闪不及，遭此横祸，疼痛难忍，低眉呻吟。

正在这时，从悬崖峭壁上，蹿下两个人影，飞身扑向李靖，刀剑并举，一齐砍下。哪知李靖见水中人影一闪，早有防备，侧身一躲，刀剑落空。李靖就势拔剑出鞘，忍痛跃身而起，定睛一看：来者并不陌生，竟是魔七、魔八！魔七、魔八见李靖目光如箭，不觉心惊胆战，步步后退。李靖冷笑道："江山易改，本性难移，真是万变不离其宗！你们恩将仇报，休怪我刀下无情！"一声怒喝，挥剑劈来。魔七、魔八左挡右架，拼死砍杀。战了三五回合，李靖两腿发麻，踉踉跄跄，摇摇欲倒。魔七、魔八哈哈大笑，凶相毕露，齐声嚷道："杀父之仇，岂能不报？李将军，快把仙丹妙药留下，饶你不死！"

李靖怒气冲天，大骂一声："可憎可恶，死有余辜！"祭起金塔，要烧魔七、魔八，不料双腿一软，瘫倒在地。魔七、魔八纵身上前，刀光剑影，逼近李靖。只因咫尺之间，金塔难以施展威力，李靖无奈，又挺剑抵敌。魔七、魔八腾空跳跃，眼见刀剑齐下，劈向李靖头顶。在这千钧一发之际，只听"嗖"的一声，飞来一箭，射中二魔手掌，刀剑飞落潭中。

魔七、魔八惊魂未定，又接连飞来两箭。魔七倒地一滚，箭中左眼；魔八扑地一翻，箭中右眼。魔七、魔八连叫带滚，转眼之间，又现原形，一个变成独眼猿，一个变成独眼猴。猿、猴见李靖又祭起金塔，纵身一跃，跳上树丫。说来也巧，二怪只顾逃命，慌慌张张，竟一齐钻进套索，悬吊半空，嗷嗷乱叫。

李靖化险为夷，又惊又喜，循声望去，只听绿叶丛中，传来阵阵笑声。接着，忽见一位红衣女将，从树上飘然落地，手执弯弓，奔向李靖面前。李靖目不旁观，凝神敛气，将这女将细细打量，见她眉清目秀，容貌俊俏，头梳双鬟，簪花戴翠，耳坠玉环，韵致淡雅，身披大红绣衣，如火如霞，恰似仙女一般。李靖暗想：这女子非同寻常！若不是她连发三箭，排难解危，后果不堪设想。可她独自一人，隐匿在此，是猎取珍禽异兽，还是路见不平，拔刀相助？看这模样，不像剑客，更不像猎女，倒像一员文武兼备的女将！方才，幸亏她制服了两个妖魔，要不然，万一自己有个好歹，那御寒仙丹落到二魔手中，岂不耽误哪吒性命？想到此，他双手抱拳施礼道："小姐恩重如山，请受我一拜。"

"不敢当，不敢当！"红衣女将咯咯笑道，"李将军，你伤得不轻吧？"

李靖一惊："你我素昧平生，怎么知道我是李将军？"

"'李将军，快把仙丹妙药留下，饶你不死！'魔七、魔八这话，当我没听见吗？"红衣女将说罢，又笑了起来。

李靖也赔笑道："恕我冒昧，请问小姐芳名……"

"我娘死得早，爹给起的名，叫作红玉。名字虽俗气，这个红字，我倒喜欢。"

"嗬！难怪你浑身上下，灿然红霞，真是飘飘欲仙！"

红玉眉头一皱,若有所思地说:"不瞒你说,我还真想变成仙女,上到天界,消愁解忧呢。"

李靖捡起一支雁翎箭,拊掌赞赏道:"小姐技艺不凡,才貌超群,有何忧愁可言?"

"将军有所不知。"红玉推心置腹,道出心中不快之事。原来,纣王不顾百姓死活,鹿台建成之时,立即传下圣旨,命各方诸侯,搜捕奇禽怪兽,呈献美女珍宝,以供他取乐。飞虎关总兵张锷,眼见百姓连年饥馑,衣食不周,暗暗叫苦,无法收集贡品。纣王见张锷久不进贡,异常震怒,遂传旨令他进京,当面问罪。张锷接旨,泪流满面,连声叹息道:"此去都城,凶多吉少,一双儿女,再无相见之日!"红玉闻听,劝慰父帅把心放宽。姐姐白玉不在身边,她愿陪父帅前往都城,与纣王评断是非。于是,父女二人策马登程,晓行夜宿,赶到皇城。红玉乍到皇宫,见处处琼楼绮阁,奇珍异宝,如临仙境,目不暇接。来到鹿台之前,仰脸一望,但见纣王金像高耸入云。父女二人等待多时,才被召上鹿台。纣王和妲己正饮酒作乐,一见张锷两手空空,把脸一沉,断喝道:"你好大胆!拒不进贡,欺君犯上,该当何罪?"张锷如实禀报,饥馑荒年,五谷不登,百姓断粮断炊,啼饥号寒,尸骨遍野,惨不忍睹，如何还有纳贡之力？并劝谏天子大发慈悲，减少靡费，解救四方难民。纣王听罢，龙颜大怒，喝令左右，将张锷拿下鹿台，推入"酒池"。红玉急中生智，反问纣王："陛下如将父亲治罪，谁人为你去守关隘？"纣王一见红玉端庄美丽，十分喜悦，顿时心摇魂醉，异想天开，急忙召回张锷，赦免死罪，命他仍去镇守飞虎关。张锷谢恩，领命而退。红玉正待随父帅同去，不料纣王一声令下，左右蜂拥而上，半推半拽，将红玉关进鹿台琼室。待到夜阑人静，月挂中天，纣王见妲己已入梦乡，便悄悄溜出深宫，来到鹿台琼室，喝退宫奴，随后张开双臂，一头扑向红玉。谁知红玉早有防备，从背后拔出一箭，挡在胸前。纣王用力过猛，扑哧一下，箭镞穿透右臂，一个趔趄，跌倒在地。昏君大喊一声："来人哪！快抓凶手！"宫女闻声赶来，见纣王带箭负伤，不觉好笑，再慌忙寻找，红玉早已无影无踪……

红玉讲到这里，见李靖愁眉不展，黯然泪下，忙说："李将军！世道不平，愁事烦人，我已虎口脱险，你不必为我难过。"

李靖长吁短叹道："当年，我李靖镇守陈塘关，对纣王忠贞不渝。不料我家三公子哪吒放姜子牙过关，纣王怪罪下来，竟将我夫妇二人押解皇城。昏君见我夫人殷氏颇有姿色，留在宫中听用。我大骂昏君灭绝人性。昏君恼怒，下令将我斩首，幸亏被哪吒救出，才免遭横祸。可夫人留在皇宫，如今生死不明，怎不叫人愁肠寸断？"

红玉面带怒容道："不杀昏君，气恨难平！李将军，你若信得过我，我当助你一臂之力！"

李靖连忙点头道："信得过，信得过！小姐方才救我一难，此恩此德，刻骨铭心。不过，眼下当务之急，是救哪吒脱险。这里有一粒御寒仙丹，请你速速送往西岐大营。不知小姐意下如何？"

红玉一听，愀然变色。心想，闹了半天，原来你是西岐的将军，这不正是父帅的冤家对头吗？你若去打纣王，我将万难不屈，视死如归。你若与父帅为敌，我岂能纵虎归山，放鱼入海？想到此，弯弓搭箭，逼视李靖怒道："哼！真是冤家路窄！若不知你已归顺西岐，我差点中了你的圈套。好，你先委屈一下，快随我去见父帅。"

李靖十分纳闷，这红玉刚才还好言好语，要助他一臂之力。只因自己双腿疼痛，行走不便，就请她送药回营，不想却惹恼了她。李靖百思不解，忍痛站起身来，微笑道："我今日重任在身，无暇奉陪小姐前往。待回营养好腿伤，再去拜访令尊。"

"你别诓骗人！"红玉忧虑道，"没等你伤愈，说不定就会发兵攻城，不仅将我父帅置于死地，甚至连我也不放过，变成你们的阶下囚！"

李靖这才明白，红玉有所误解，便诚心诚意，表明心迹道："我与你家父帅，过去俱是一朝之臣，往日无冤，近日无仇。张总兵只消顾全大局，献出城池，倒戈反纣，武王当委以重任。小姐如若不信，待面奏武王之后，我便陪你去见父帅。"

红玉半信半疑，收起弓箭，见李靖手中金塔，光辉炫目，便一把夺来，说声："空口无凭，金塔为证！"李靖料知，此宝到她手中，也无用场，就顺水推舟道："多谢小姐代劳！"红玉咯咯一笑，转过身来，只听"嗖"的一声，一箭飞出，射断绳索。一猿一猴，应声落地。红玉上前，牵上独眼猿、猴，与李靖出山回营。

再说西岐营中，三军将士得知先行官病情加重，人人焦急，个个献计。有的呈上祖传秘方，有的采来百味草药，有的送来龙肝凤髓，有的找来牛黄犀角。军中有懂得医道的，也毛遂自荐，为哪吒切脉诊断。上上下下，忙乎半天，都无济于事。哪吒的病，非同一般，军士们干着急，不知如何是好。有三五个兵卒，仰天痛哭道："苍天

255

有灵，保佑哪吒，平安无事！"

武王见哪吒脸色惨白，呼吸微弱，喃喃呓语，不知所云。急得他火烧火燎，脸上汗水涔涔，双脚踏地有声。姜子牙连忙劝道："武王不必焦虑！李将军也该回来了！"

话音未落，李靖一颠一跛，风风火火，闯进军帐。武王快步迎上，急问："仙药可曾取到？"

李靖点了点头，忙从怀中取出御寒仙丹，用开水化开，慢慢灌进哪吒口中。众人鸦雀无声，凝神注视哪吒一举一动。

一粒仙丹，药到病除。顷刻之间，哪吒脸色泛红，眼睛闪亮，朗朗一笑，跃身而起。众人见状，转忧为喜，手舞足蹈，击掌惊呼："哪吒！哪吒！"

哪吒微微笑道："方才睡梦中，只觉得天寒地冻，冷若冰霜。我正躲避风寒，忽见母亲姗姗而来，手捧暖炉，为我驱寒。我问母亲，怎样逃出皇宫？母亲泪水盈盈，默默不语。我连喊带叫，倒在慈母怀中……"

武王满脸喜色，感慨道："哪吒得救，全靠李将军！千辛万苦，当记一功。"

李靖见哪吒转危为安，心中大喜，这才将半路之上，如何被魔七、魔八砸伤双腿，又如何被红衣女将搭救，前

256

后情景，细说端详。武王闻听，忙问一声："红衣女将何许人也？"

李靖回答道："红衣女将不是别人，正是飞虎关张总兵的二小姐红玉！她说，讨伐纣王，愿拔刀相助；若与她父帅为敌，就同我们势不两立。依我之见，这女将性格刚强，人才难得，武王不妨一见。"

"好！"武王欣然道，"千军易得，一将难求。纵观三军，人才济济，若能得此女将，岂不锦上添花？"说罢，随李靖出帐，来会红玉。姜子牙率文臣武将，也相继跟来，一睹女将风采。

红玉已把独眼猿、猴拴在营门柱上。守营兵卒，来来往往，驻足停步，彬彬有礼，问长问短。红玉见西岐将士和颜悦色，憨直豪爽，体魄强健，精神抖擞，与父帅部下兵卒相比，真有天壤之别！如此兵强马壮，英雄气概，天下无敌，盖世无双，怎不令人欣羡？当今，纣王荒淫无道，众叛亲离，沧海横流，动荡不安，而这西岐大营，却藏龙卧虎，福星高照，又怎不令人向往？难怪天下诸侯，仁人志士，苦难百姓，都纷纷投奔武王麾下。武王究竟是什么样？今天倒要见上一见。红玉正思绪万千，忽见李靖走来，招呼道："红玉小姐！快来拜见武王！"

红玉定睛一看，武王红盔红甲，英武潇洒，气度不凡，毫无骄矜之气，还不及跪拜，只见武王大步流星，已到眼前，呵呵笑道："救命恩人，不拜也罢。"

红玉抿嘴一笑："冤家偏遇独木桥，真是无巧不成书。魔七、魔八暗中伤人，岂有见死不救之理？"说着，用手一指独眼猿、猴："物归原主，特此送还。"

武王当即下令，拉出独眼猿、猴，斩杀祭旗。魔七、魔八得此下场，众人无不拍手称快。哪吒更是欢天喜地，当众发誓："往后，我再遇妖魔，任他千变万化，也决不心慈手软，刀下留情！"说罢，上前谢过红玉，笑道："姐姐真好！若不是你解人之危，我父帅就险遭厄运，连我哪吒也性命难保。既然姐姐有此绝技，何不追随武王，平定天下！"

"是啊，军中正缺少一员女将呢！"武王兴高采烈地说，"你若留下，可统领女兵，讨伐纣王，大显身手！"

红玉闻听此言，凝神忧虑道："多谢武王厚爱！我留下倒不难，可就怕父帅不肯答应。他奉命困守孤城，你们又与他为敌，我进退两难，真不知如何才好？"

"小姐不必为难！"李靖宽慰道，"我有言在先，待你见过武王，我便陪你回府，劝张总兵倒戈反纣。倘若张总兵不肯归顺，到那时，你再投奔西岐大营，也不为迟。"

"李将军，你当真送我回去？"红玉半信半疑，追问一声。

"言而有信，人之美德。事无巨细，我们说到做到，从不失信于人。"李靖话语铿锵，掷地有声。

红玉转过脸来，望着武王，咯咯一笑，道："既然你们以诚相见，我也实话实说：请给我三日期限，过时不来，你们便可攻关斩将，我绝无怨恨。"

武王闻听，哈哈笑道："好，一言为定！免战三日，静候佳音。"遂吩咐左右，备好坐骑，鸣金击鼓，列队欢送红玉。

红玉暗想，此去吉凶难卜。万一激怒父帅，岂不是连累了李将军？从长计议，扬善除恶，伐纣灭殷，不在一朝一夕，一时一事，决不可以个人恩恩怨怨，延误他人宏伟大业。想到此，胸怀坦荡，眼界大开，从怀中取出金塔，毕恭毕敬，奉还李靖，并嫣然笑道："李将军，你留在营中，静心养伤，来日方长，后会有期！"说罢，纵身上马，飞驰而去，宛若红霞一片，隐隐消失……

姜子牙捋着银须，微微笑道："如此看来，这红衣女将颇有心计！"

哪吒目不转睛，凝视远方，心潮澎湃，难以平静。沉思片刻，突然拉住武王，请求道："姐姐身单力薄，我当助她一臂之力！"

武王犹豫道："你大病初愈，也该静养几日才是！"

"武王放心！先行官安然无恙！"哪吒说着，脚踏风火轮，顿时起在半空，追云逐雾，翻江倒海，将筋骨伸展一遍，这才飘飘悠悠，落在武王面前。不等武王开口，姜子牙就呵呵笑道："哪吒！事关重大，速去速回！"哪吒领命，欢欢喜喜，腾空飞去。

且说张总兵独坐帅府，愁绪万端，怅然叹息。此去皇城，祸从天降，父女生死离别，心如刀绞。细想以往戎马生涯，风霜雨雪，酸咸苦辣，含辛茹苦，都不在话下。唯独这夺女之恨，实难吞咽！纣王啊！纣王，你浑浑噩噩，暴虐无道，残杀忠良，欺凌百姓，眼见六百年成汤基业，毁于一旦！常言道，善有善报，恶有恶报。你这昏君作恶多端，罄竹难书，亡国之时，指日可待，想我张锷，追随朝廷，东征西杀，荣辱不分，真是愧对苍天，有负人生。罢，罢，罢，迷途而知返，弃旧而图新，冲破牢笼，展翅凌空。又道是：天高任鸟飞，海阔凭鱼跃。从今后，我与朝廷一刀两断，堂堂正正，做个铁骨铮铮的布衣百姓。想到此，传令将士，拿出所有粮饷，赈济父老乡众。副将闻讯，忙来劝阻道："军饷所剩无几，难道主帅你不知道吗？纵使不顾士兵死活，也得为你前程着想啊！"

张锷冷笑道："你我犹如笼中之鸟，早晚死在昏王手上。与其等死，不如各奔东西，远走高飞。何去何从，望三思而行。"

"啊！你反叛朝廷，该当何罪！"副将声嘶力竭，喝令左右上前捆缚张锷。

张锷拔剑出鞘，怒目而视。兵卒战战兢兢，退在一旁。

副将狂笑一声，手举钢刀，照张锷砍来。张锷横剑架住，怒喝道："你我无冤无仇，何以刀光剑影相见？"

"实不相瞒，我要砍下你的首级，去朝廷报功请赏！"副将抽刀转身，斜刺劈下，眼看正中张锷腰身，忽听当啷一声，飞来一箭，击落钢刀。

副将惊惶之际，弯腰拾刀，却见红霞烂漫，光彩夺目，大红绣鞋，踏住钢刀。抬头一看，正是红衣女将！副将目瞪口呆，垂手而立。

张锷见女儿似从天降，惊喜交加，拉住红玉，泪如雨下。红玉收起弓箭，泪水涟涟，将离情别绪，哭诉一遍。张锷听罢，感慨万千。

红玉搀扶父帅，回到后堂，暗中商议，投奔武王。张

261

锷正犹豫不决，忽听一声呐喊："张锷接旨！"张锷闻声，料知不妙，忙步出后堂，跪拜听旨。

朝廷使者，展开谕旨，耷拉着眼皮，瓮声瓮气地读道："今有飞虎关总兵张锷结党营私，图谋叛逆，并唆使其二女红玉，潜入皇宫，暗箭射杀君王。人证、物证俱在，罪不容诛。旨到之时，捉拿罪魁，押解进京，明正典刑。"

读到此，那副将喜形于色，迫不及待，趋步上前，扯住使者官带，悄声道："老爷，射杀圣上的美人，就在眼前！"

使者一惊，抬起眼皮一看，张锷背后，有一红衣美人，亭亭玉立，风姿秀逸，宛若出水芙蓉。心中暗想：天子陛下被她箭伤，恼怒万分，即令张榜，悬赏缉拿凶手。真是天赐良机，不料今日在此撞见！若将此美人献给圣上，何愁高官厚禄？于是，嘻嘻一笑，急令随从兵丁，上前捆绑红衣女将。

红玉怒火中烧，拉弓射箭，"嗖"的一声，射飞使者手中圣旨；又"嗖"的一声，使者冠冕滚落地下。使者惊恐万状，呆若木鸡。副将赤膊上阵，呼叫兵众，蜂拥而上，拼死拼活，捆住张锷父女。

使者连声夸赞："好，好！待我禀奏圣上，总兵之职，非你莫属！快，快将二犯押解都城！"

副将得意忘形，忙对使者献计道："叛将张锷，终究一死，不如就地斩首，免得夜长梦多，又生后患。"

使者沉吟道："斩杀了张贼，回京倒可谎报真情；至于美人，切莫伤害她……"

副将心领神会，苦笑一声："路上不平，万一逃跑，岂不鸡飞蛋打，两手落空？"

使者自作聪明，想出一计，拔出宝剑，拨开人群，绕到红玉身后，冷不丁刺伤她的双脚。红玉两腿一软，倒在地上。顿时，红绣鞋上，渗出殷红血迹。使者当即下令：将红玉打入囚车，星夜押送进京。

副将急不可耐，将张锷推出府门，正待开斩，忽见哪吒三头六臂，踏轮赶来。副将以为天神下界，前来助兴，便挥手高喊："天外来客，欢迎光临！"语音未落，飞来一块金砖，击中头顶，立时毙命。

众人一声惊呼，齐齐跪倒。哪吒落到地上，为张锷松开缚绑，问他可知红玉下落。张锷死里逃生，谢过救命恩人，带领哪吒，杀进帅府。哪吒使出六般兵器，如风卷残云，杀退敌兵。使者见势不妙，缩头缩脑，钻进囚车。哪吒砸开囚车，一枪挑死使者。红玉躺在车里，一见三头六臂，没想到是哪吒所变，尖叫一声，昏厥过去。哪吒口念秘诀，现出本相，一边给她松绑，一边哭叫："姐姐，别怕！我是哪吒，我是哪吒！"

少顷，红玉清醒过来，睁眼细看：啊，原是哪吒！又见旁边站着父帅，这才勉强挣扎，坐起身来，微微笑道："父亲，这就是哪吒！他是武王伐纣的先行官！"

"好哪吒！救命之恩，永生不忘！"张锷说着，倒地又拜。

哪吒急忙扶住了张锷，笑道："张将军，姐姐曾救了我父子二人性命，你还未必知道吧？"

张锷一怔："哦？有这般稀奇故事，女儿为何不讲？"

红衣女将扑哧一笑："父帅别急，等到了西岐大营，我再好好讲给你听。"

哪吒见张锷还蒙在鼓里，也不便挑明，就上前搀起红玉，下了囚车。红玉一把拉住父帅，咯咯笑道："水到渠成，瓜熟蒂落，父亲若再犹豫不定，休怪孩儿绝情寡义，只得孤身投奔武王！"

张锷闻听，如梦方醒，当即传令，献城归顺。红玉喜出望外，对哪吒笑道："先行官，还不快去报知武王！"

哪吒朗朗一笑："姐姐，遵命！"踏上风火轮，腾空而去。

第十四章

将计就计

哪吒踏风火轮，返回大营，见了武王、姜子牙，将张锷父女献城归降一事，报说一遍。武王大喜，与相父议定，当即拔寨起营。一声令下，金鼓喧天，三军将士，顶盔挂甲，金戈铁马，威武雄壮，旌旗蔽日，浩浩荡荡，奔赴飞虎关。

张锷率领守城将士，鸣金击鼓，出城十里，迎接西岐人马。两军汇集，欢声雷动，声势浩大，如江河奔腾。沿途百姓，簇簇拥拥，拦住武王车辇，情真意切地恳求从军。武王十分高兴，吩咐左右，挑选体魄健壮男女，收编军中。那些被选中的村姑乡女，辞别爹娘，随军出征，都觉得新奇，一路之上，叽叽喳喳，说笑不停。

张锷引军入府，以水代酒，款待三军。武王喜不自禁，但不见红玉露面，不免顿生疑窦。正在这时，只见红玉，一步一颠，两步一晃，由哪吒搀扶，来拜见武王。武王闻知红玉双脚受伤，急忙离开桌案，上前问长问短。红玉热泪盈眶，谢过武王，端坐一旁。早有黑虎掏出仙人草绿叶，轻轻捻碎，小心翼翼，敷在红玉脚上。红玉如饮甘泉，心旷神怡，转眼之间，伤口愈合。她又惊又喜，蓦然站起，跺上两脚，竟无疼痛之感。随后，一把拉住黑虎，咯咯笑道："好兄弟，真想不到，你也有妙手回春之术？"

黑虎嘿嘿一笑："哪里哪里，这都是武王的恩德呀！"接着，讲了仙人草的来历。红玉听罢，忍俊不禁，在武王面前拜了又拜。张锷见女儿腿脚已十分利索，大喜过望，躬身施礼，拜谢武王。

武王见红玉英姿飒爽，心中大喜，当下封她为巾帼先锋，统领女兵。红玉欣然领命，拉住哪吒说："姐姐武艺不全，你得帮我操练女兵！"哪吒倒也爽快，一口答应，陪着红玉，召集营中女兵，去演练武艺。

夕阳西沉，彩霞缤纷。飞虎关外，演武场上，女兵红盔红甲，灿若红霞。由红玉带领，飞刀舞剑，张弓搭箭，踢跳腾挪，煞是壮观。哪吒忙前忙后，精心指点。忽见一群青衣女子，闪出丛林，跑到哪吒面前，吵吵嚷嚷，要拜师学艺。哪吒定睛一看，这些女子娇艳妖娆，怪模怪样，并非良家民女，倒像精怪所变。顿时，满腹狐疑，问道："你们从哪里来？到哪里去？"

一个领头的女子，似笑非笑，抢先回答："我们姐妹十人，无家可归，久慕先行官大名，特来投奔学艺。"

哪吒一听，便知话中有诈，包藏祸心，故而不露声色，只说自己小小年纪，武艺不精，一知半解，不懂什么，再三劝她们另投高手。

十姐妹见哪吒推三阻四，婉言拒绝，便挤眉弄眼，窃窃私语，阴阳怪气，扭动腰肢，上前围住红玉，苦苦哀告，要留在营中。红玉只想多多搜罗女兵，以壮声势，见此情景，难割难舍，心里一软，点头应允。

十姐妹喜眉笑眼，齐齐跪拜，闹闹哄哄，连呼带叫："善哉，善哉！姐姐大慈大悲，托福，托福！"

哪吒把红玉叫到一旁，悄声嘱告："这些女子，非同一般，藏形匿影，千万小心！"

红玉咯咯一笑："有你这个三头六臂，任他妖魔鬼怪，也是枉然。"说罢，飞身跑去，拿出刀枪剑戟诸般兵器，交到十姐妹手中，一同操练起来。

暮霭沉沉，月轮东上。十姐妹如鱼得水，如鸟投林，口中念念有词，喷云吐雾。刹那间，阴风惨惨，天昏地暗，闪电一晃，霹雳惊天。只见众女兵神态异常，如醉如痴，瘫倒在地。红玉不知何故，忙喊一声："哪吒兄弟，快来救命！"

　　哪吒火眼金睛，早已察觉，这姐妹十人非妖即怪，假借投师学艺，到此作恶作孽。果然不出所料，做出伤天害理之事。哪吒心中大怒，念动秘诀，转眼变作三头六臂。猛然，一声呐喊，震天撼地，脚踏风火轮，腾空而起，摆动混天绫，射出万道红光，不消片刻，将妖雾打散。

　　哪吒神通广大，果然名不虚传。十姐妹料知不妙，摇身一变，化作缕缕青烟，袅袅升腾。红玉这才如梦初醒，惊呼上当，急忙弯弓，乱箭飞射。哪吒看在眼里，笑在心上，不慌不忙，抛出九龙神火罩，由上而下，将青烟收进罩内。接着，口念咒语，喊声："烧！"只见半天空里，一团火球，上下翻滚，黑烟红光，五彩斑斓，闪闪烁烁，煞是好看。顷刻间，十个女妖现出原形，原来都是蛇蝎精怪。那领头的是个蛇精，烧得她缩头缩尾，连叫带骂："咱姐妹呀，在精灵洞里，放着清福不享，偏听狐狸娘娘一派胡言，叫咱们来吃女兵肉，喝哪吒血。这下倒好，有来无回，死无葬身之地！"

红玉喜不自禁，大声喊道："哪吒，哪吒！千万别心慈手软，留下患祸！"

女兵一清醒，便欢呼跳跃起来："哪吒，哪吒！降妖除害，威震天下……"

眼见精怪化为灰烬，哪吒忙收回神火罩，就势翻个跟斗，又变成原来模样，旋即踏轮落地。众女兵见哪吒神通广大，降妖伏怪，真是眼界大开！纷纷围拢上来，七嘴八舌，啧啧称赞。

红玉暗暗懊悔，面带愧色，对哪吒说："好兄弟！都怪我心眼少，闯下了大祸，心里惭愧不安。"

"姐姐不必愧恨！"哪吒笑道，"常言说，吃一堑，长一智。那妖魔精怪，变化莫测，稍稍疏忽，就会受骗。往后，千万当心！"

"我也有三头六臂，又会腾云驾雾，那该多好！"红玉淡淡一笑，低声叹道。

正在这时，忽见一队人马，踏着溶溶月色，影影绰绰，由远而近，缓缓移动。红玉立即号令女兵，摆开阵势，准备迎战，并对哪吒说："这回，是人是妖，再不上当受骗！"

哪吒举目一望，但见遍地银光，旌旗飘动，千军万马，曲折连绵。目睹此景，哪吒脱口而出："姐姐别慌！那并非妖怪，却似降兵！"

话音刚落，忽见一白衣女将，快马扬鞭，奔驰而来。

红玉张弓搭箭，严阵以待。那白衣女将纵身一跃，飞身下马，一把拉住红玉，又惊又喜，连声说道："妹妹，妹妹！你瞧我是谁？"

"姐姐，姐姐！原来是你！"红玉见来人是姐姐白玉，喜出望外，忙问："莫非你来投奔武王？"

白玉泪花晶莹，微微笑道："武王贤达，四海扬名。姐姐早有归降之意，无奈山重水复，难遂人愿。"

红玉又问一声："姐夫郑亥，为何不与你同来？"

"唉！一言难尽。"白玉叹道，"我与郑亥同守黑虎关，明知昏君无道，天怒人怨，曾三番五次，劝他弃暗投明，可他利令智昏，不肯屈就。日前，郑亥已升任孟津主帅，这黑虎关便归我掌管。机不可失，我当机立断，弃关来降。妹妹，快带我去拜见武王！"

红玉听罢，心花怒放，指着哪吒说："姐姐，这位小将名叫哪吒，是武王军中的先行官，还救过父帅和我的性命呢。"

白玉正要谢过哪吒，不料他踏起风火轮，腾在半空，朗朗笑道："二位姐姐，在此稍等，待我回府，报知武王！"随即，火轮飞动，隐隐消失。

　　武王闻知白玉率众来降，心中大喜，即刻率领文臣武将，出城迎接。白玉见武王谈笑风生，可亲可敬，心中惶恐顿然消除，急忙上前施礼叩拜。

　　武王十分高兴，请出张锷，与女儿相见。张锷一见长女白玉，热泪纵横，千言万语，不知从何说起。白衣女将眼含珠泪，声似银铃："百川归海，天经地义；百鸟朝凤，众望所归。从今以后，跟随新君，同心协力，除邪惩恶，出生入死，义无反顾！"说罢，将军中名册，呈献武王。武王欣喜万分，当即封她为巾帼将军。

　　三日之后，武王下令，三军将士，继续东征。张锷领命，留守飞虎关，随时听候调遣。白玉、红玉姐妹二人，辞别父帅，高高兴兴，踏上征程。

　　且说西岐大军，一路夺关斩将，长驱直入，逼近孟津，离城十里，扎下营盘，等待时机，攻城克敌。守城主帅郑亥，早已奉了纣王之命，布下天罗地网，决不放过周营一兵一卒。那妲己变幻妖术，屡遭惨败，自知朝不保夕，便暗中相助郑亥，以图挽回败局。

一日深夜，月昏星暗。妲己化作一缕青烟，飘到周营上空，抛下一团火球。顿时，红光四射，火焰漫卷。妲己又施展妖术，兴风作浪，蔓延火势。

武王正在帐中，与相父商议攻城计策，忽听哪吒报说："营中起火！"

武王急忙出帐，眼见风助火势，火借风威，烈焰腾腾，火光冲天。见此情景，武王急令左右，鸣金击鼓，号召全军出动，奋力扑救。姜子牙神色自若，举目观望，只见一团妖雾，在空中飘飘荡荡。他二话不说，念动咒语，猛地喷出一道电光，将妖雾驱散。与此同时，忽见彤云密布，大雨倾泻，不消片刻，大火熄灭。三军将士无一伤亡，纷纷议论，只道姜子牙镇妖除邪，神乎其神，却不知这兴云布雨之术，正是龙太子敖丙的拿手好戏。哪吒眼见敖丙急中生智，念动秘诀，喷云吐雾，落下一场喜雨，救了全军性命。哪吒如实奏报武王，给敖丙记一大功。

再说郑亥，忽闻周营起火，不免幸灾乐祸。不等天明，郑亥便亲自率领上万兵马，甲胄森严，戈矛耀眼，重重叠叠，杀出城门。郑亥扬言：洗劫周营，生擒武王，天时地利，在此一举！

早有探马报知中军。武王闻听，又恼又怒，恨不得亲临阵前，与郑亥厮杀一场。但话到嘴边，又踌躇起来。心中暗想：郑夫人归降不久，又被封为巾帼将军，与其妹红玉，双双随军征讨，风雨同舟，忠贞不渝。倘使两军交战，大动干戈，伤了郑亥性命，岂不激怒了白玉？

武王正低眉徘徊，姜子牙已传令三军将士，排开阵势，准备迎战。哪吒见武王双眉紧蹙，不知有何心事，便悄声问过师叔。姜子牙银眉一抖，呵呵笑道："武王深思熟虑，在想什么妙计吧？"

武王抬起头来，面带喜色，忙叫哪吒请来白玉，如此这般，吩咐一遍。白玉嫣然一笑："武王放心！郑亥归降便罢，若执迷不悟，刀枪相见！"说罢，领命而去。武王放心不下，又命哪吒带上三千精兵，赶到十里桥畔，设下伏兵，阻截敌兵后路。然后，笑问相父："先礼后兵，如何？"

姜子牙拊掌笑道："武王这般仁慈宽厚，即使郑亥铁石心肠，也该迷途知返，化干戈为玉帛。"

武王微微一笑，道："人无远虑，必有近忧。白玉投奔一场，岂能愧对于她？"

二人正谈笑间，忽听炮声连天，金鼓齐鸣，便急忙出营，观战助威。炮声响处，郑亥白盔白甲，白马长枪，杀

274

气腾腾，冲到阵前，指名道姓，要拿武王。

白玉骑玉骢马，手执鸳鸯剑，纵马舞剑，直取郑亥。郑亥手疾眼快，挺枪架住，见是夫人来战，暴怒如雷，大骂："你这叛贼，有何脸面见我？快献出武王，饶你一死！"

白玉冷笑一声道："纣王暴虐，人神共愤。天下八百诸侯，改弦易辙，倒戈伐纣。而你追随昏君，一意孤行，就不怕落个遗臭万年的罪名？你我夫妻多年，以前事事由着你，今日只求你听我一言，纵然一死，也不后悔。"

郑亥横眉怒目，大喝一声："呔！事到如今，有何话说？快快讲来！"

"大丈夫宁为玉碎，不为瓦全！"白玉劝道，"你若倒戈伐纣，将功折罪，一来顺乎民意，二来必得武王赏识。这三嘛，你我夫妻，尚可破镜重圆……"

郑亥一听此言，勃然大怒："你这贱人，有多大本事，敢在我面前花言巧语，迷惑人心！"催开坐骑，举枪刺来。

白玉顿时恼怒，将身一闪，飞舞双剑，横劈斜砍，熠熠生辉。二人交锋，枪剑相撞，叮叮当当，拼命厮杀。曾几何时，一对恩爱夫妻，却变成冤家仇敌！这一个助纣为虐，如恶虎下山；那一个报效明君，似蛟龙出海。枪来剑往，眼花缭乱，交战数合，不分输赢。郑亥虚晃一枪，露个破绽，掉转马头，佯装败阵。白玉不知是计，双剑并举，跃马追杀。不料，郑亥猛然杀个回马枪，白玉猝不及防，被郑亥一枪刺中前心，顿时，血流如注，翻身落马，死于非命。

红玉满腔怒火，眼冒金星，一拍红鬃乌，冲出阵来。惊天动地，断喝一声："郑贼看箭！"只听"嗖"的一声，一箭射来，哗啦一响，将郑亥护心镜戳个粉碎！郑亥惊呼一声，摇动长枪，纵马刺来。又听"嗖"的一声，一箭飞来，正中郑亥坐骑。郑亥丧魂落魄，来不及喊叫，便连人带马，一齐栽倒。红玉抽出龙凤宝刀，正待上前枭首，忽见郑亥部将蜂拥而上，七手八脚，将他救走。红玉见郑亥逃之夭夭，料知追赶不上，更加愤愤不平，大骂郑亥天良丧尽。

郑亥死里逃生，退兵十里，重整旗鼓，准备再战。不料，在十里桥畔，哪吒早已设下伏兵，高高低低，埋下绊马桩；密密层层，设就套马索。郑亥兵马一到，强弓劲弩，万箭齐发，快如闪电，疾似流星，射得敌兵人仰马翻，溃不成军，纷纷逃窜，自相践踏，伤亡者不计其数。

郑亥不意中了埋伏，惊惶失措，魂不守舍，急令残兵败将，突破重围，夺路而逃。哪吒一声令下，顿时，伏兵如林，四面截击，连人带马，一齐砍杀。郑亥左冲右突，进退无路，慌手慌脚，撞入套索。眼看性命难保，一声哀叹，倒地装死。哪吒看在眼里，暗暗发笑，飞身上前，一把揪住郑亥袍甲，提将起来，踏风火轮，凯旋回营。

红玉疾恶如仇，见郑亥被擒，恨不得将他碎尸万段，方解心头之恨。便提龙凤宝刀，走到郑亥面前，举刀欲砍。哪吒一把拦住，劝道："姐姐别急！先留着他，自有用处。"

红玉痛恨道："郑亥这贼，黑心黑肺，无情无义，将我姐姐无端刺杀。深仇大恨，岂能不报！"

哪吒闻知白玉不幸阵亡，暗暗掉泪，即刻吩咐军士，将郑亥打入牢中，听候发落。然后，拉上红玉，一齐进帐，拜见武王、姜子牙，将擒获郑亥一事禀报一番。

武王笑问红玉："你与郑亥不共戴天，将他斩首示众，意下如何？"

红玉答道："既然活活拿到，不妨关押几日，待攻下孟津，再斩下郑亥首级，祭奠姐姐亡灵。"

"好，好！"武王拍掌笑道，"以郑亥首级，告慰白玉英魂，正是天遂人愿呀！"

姜子牙凝神沉思，半晌无语。哪吒惊诧，忙问师叔，为何一言不发？姜子牙微微一笑，道："郑亥被擒，固然可喜，但他未必服输。依我之见，关在营中，也无多大用场，不如放他回去，再决雌雄。"

"放虎归山？那怎么行啊？"红玉不可思议道。

"姐姐，这叫欲擒故纵，懂吗？"哪吒提醒道。

"噢，放长线钓大鱼！我怎么不懂？"红玉恍然大悟，催促哪吒道，"事不宜迟，还不快去放人！"

"且慢！"姜子牙拦阻道，"时机未到，早放无益，时机一到，再放不迟。"

红玉一听，不知姜子牙有何妙计，也不敢多问，只得退出军帐，转回女营。

再说孟津督师徐畏，得知郑亥被俘，大为震怒。他想：本来，这孟津森严壁垒，固若金汤，任他神兵天将，也难攻破。你郑亥倒好，鬼使神差，自作聪明，功名未成，却做囚徒。身为堂堂武将，遭此奇耻大辱，真是可悲可叹！事已如此，纵使你未做周营刀下鬼，也会成为纣王阶下囚。谢天谢地，天赐良机！今日，我徐某不发一兵一卒，拿你郑亥穿针引线，真真假假，巧做文章。别看我小小督师，一旦大功告成，便可青史标功，竹帛垂名。徐畏思前虑后，想入非非，心荡神迷，忘乎所以，传令左右，速去挂出免战牌，一面急就诈降书，派心腹使差送往周营；一面密令副帅独眼龙如此这般，暗中策应。

直到天黑，使差才风尘仆仆，回府报说："督师大人，万幸！万幸！周武王看罢降书，欣然答应，决定亲自送还郑亥，与大人握手言欢。"

徐畏闻言，踌躇满志，立刻吩咐下去，在后花园里，悬灯结彩，大摆酒宴，为武王接风。不多时，忽听门将高喊："周武王驾到！"徐督师换了官服，急忙出府，抬眼一看，但见一人威容赫赫，仪表堂堂，龙行虎步，款款而来。他便断定，这必是武王无疑，于是快步迎上，毕恭毕敬，纳头拜道："武王恕罪，有失远迎！"

武王微微一笑，道："徐督师献城有功，不接也罢。郑将军安然无恙，请督师放心。"说罢，吩咐哪吒，请郑将军过来，与徐督师相见。

哪吒领命，来到御车前，朗朗喊道："郑将军，郑将军！帅府已到，快请出来吧！"连叫几声，竟无反应。

徐畏莫名其妙，问武王："难道郑将军吓破了胆？为何不敢露面？"

武王呵呵笑道："郑将军自命不凡，只因吃了败仗，羞愧难当，故而不愿见人，还望督师不咎既往，宽大为怀。"

徐畏故作镇静，若无其事地说："实不相瞒，我与郑将军肝胆相照，堪称莫逆。正是为了保他性命，我才心甘情愿，冒杀身之祸，宁献一城，不失一友！"

"好！路遥知马力，日久见人心。"武王似乎很激动，走到御车前，掀开帷帘，将白盔白甲的郑亥扶下车来，高声说道："郑将军，你可曾听到？方才徐督师讲，他宁献一城，不失一友。你有幸得到这样一位知己，我真为你高兴啊！"

徐畏本意是以献城做钓饵，拿郑亥当钓钩。眼见大鱼上钩，岂能错失良机？不等郑亥搭话，他便匆匆忙忙，拱手施礼，大声喊道："郑贤弟，请！"

郑亥远远站定，忙还一礼。随后，跟在武王身后，低头掩面，缓步入府。徐督师兴高采烈，快步如飞，未进府门，便传令摆宴。

武王轻车简从，只带哪吒等三五将士，说说笑笑，走进帅府花园。待宾客坐定，徐畏亲自斟酒，大献殷勤。又命乐师出班，奏乐助兴。哪吒不会用酒，正在犯愁，忽见领班乐师，獐头鼠目，窥视武王。哪吒灵机一动，将一樽美酒，送到领班面前，笑道："先赏你一杯！有多大本事，也别藏着掖着，都施展出来，叫我们开开眼界！"

那领班受宠若惊，慌忙接杯，咕噜一声，一饮而尽。不消片刻，微醺薄醉，晃晃悠悠，倒在地上。哪吒哈哈笑道："一杯酒，也能把你醉倒！"话音未落，只见领班连滚带爬，口吐白沫，拼命喊叫："毒酒，毒酒……"

哪吒已知八九，但不动声色，又坐到督师身边，笑道："好酒，好酒，不妨叫他多吃几杯！"

徐督师怕露马脚，急忙遮掩道："班头身患疯病，不能吃酒！"急令家丁，将领班抬走。乐班无人指挥，八音乐器，一时七高八低，乱乱哄哄，不成体统。徐畏登时动怒，挥手喝退。接着，万花丛中，现出一队队舞女，披红挂绿，翠动珠摇，宛若彩蝶，边歌边舞。徐督师见武王目不斜视，凝视观赏，这才面露微笑，定下心来。忽听一声鼓响，百名舞女，迅如掣电，疾如游龙，前前后后，围住武王。

武王见势不妙，拔剑而起。徐畏举起角樽，似笑非笑，说声："干！"舞女闻声，一齐呐喊，甩掉五彩绣衣，亮出短剑快刀，抛出铁索绳套，争先恐后，捉拿武王。说时迟，那时快，武王纵身一跃，跳到案上，挥动宝剑，左砍右杀。徐畏抽剑出鞘，照武王腿上，正待劈下，不料，被人一把抓在半空，顿觉头重脚轻，魂飞魄散，声嘶力竭，大喊大叫："拿住武王，打入囚车，解往朝歌，邀功请赏！……"

原来，哪吒早有防备，没等徐畏刀落，就将他一把抓住，随即踏风火轮，腾在半空。哪吒一听徐畏乱喊乱叫，口出狂言，更加恼恨，一怒之下，用混天绫裹住徐畏手脚，倒悬于旗杆顶上。徐畏有气无力，哼哼唧唧，连叫："救命！救命！"舞女见此情景，大呼小叫，扔下刀剑，纷纷逃窜。谁知金、木二吒，早就守住府门，任你插上双翅，也难逃脱。舞女走投无路，一面求告饶命，一面撕下发罩，扯掉绣衣。原来这些舞女，俱是彪形大汉，赳赳武士！

"哪吒兄弟！快来瞧吧，男扮女装，多有趣呀！"扮作武王的黑虎，一边喊，一边摘下假髻，大笑不止。

哪吒应了一声，跃到旗杆顶上，解下混天绫，拎着徐畏衣领，徐徐落地。黑虎上前一看，见徐畏气息奄奄，命若游丝，忙对哪吒说："别让他断气！先打入囚车，送往大营，叫他难兄难弟再见上一面！"

过了半天，徐畏才缓过气来，睁开双眼，呼叫一声：

"郑贤弟，快救我一命！"

郑将军并非郑亥，原来是李靖做了替身。李靖听到呼叫，忍俊不禁，哈哈笑道："徐督师！你那郑贤弟，仍在周营关押，他怎能救你性命？"

徐畏一惊："你是何人？"

李靖报过姓名，便道出真情："实话实说，我们奉了武王和姜丞相之命，将计就计，前来探个虚实。不出所料，你果然虚情假意，暗设圈套。你这蠢人，自作聪明，搬起石头，砸在自己脚上，可悲！可悲！"

"啊，原来如此！"徐畏长叹一声，顿然昏厥。那些健勇武士，已明真相，莫不切齿痛恨，急忙推来囚车，将徐畏抬放进去，连夜押解出城……

与此同时，副将独眼龙亲自出马，带兵卒数百，正走街串巷，挨家挨户，摊派柴草，以备放火烧荒，夜袭周营。忽听哨马来报，方知督师作茧自缚，活活被擒。独眼龙一时惊呆，哑口无言，众兵卒心惊肉跳，抓耳挠腮，异口同声，急问副将："是战是降？"独眼龙还算机灵，一拍脑门，大声喊道："好汉不吃眼前亏！弟兄们，跟我来，打开城门，迎接武王！"

守城士兵闻听，人人欢呼，个个雀跃，高举灯笼火

把，开了城门，迎候西岐人马。城中百姓，一呼百应，扶
老携幼，拥到街头，欢天喜地，议论纷纷，都想看一眼那
解民倒悬的明君！有一白发老人，肩挑箩筐，颤颤悠悠，
挤到人前。人群中，有认得这位老人的，就你一言，我一
语，逗趣道："尤老爹，你真会做生意！""你这豌豆花，
今天准能卖个好价钱！"

尤老爹放下箩筐，嘿嘿笑道："你们别打哈哈！俺这
是慰劳品，懂吗？"

正说笑间，忽听鞭炮齐响，鼓乐喧天。众人屏声敛
气，翘首望去，见一英俊少年，踏风火轮，华光闪烁，腾
空而来。尤老爹喜出望外，连喊带叫："小将，小将！快
快停下，尝尝俺的豌豆花，又脆又香！"

哪吒闻声，急忙落地，一见尤老爹，施礼笑问："老
人家，您家住葵花街豌豆巷，对吧？"

"不错！"

"您有两个女儿，选入皇宫，侍奉妲己。对吧？"

"不错！姐妹二人，一去数载，杳无音信！"

"姐姐叫凤儿，妹妹叫娥儿，对吧？"

"不错！"尤老爹惊诧道，"你是何人？怎么知道得一
清二楚？"

"我是哪吒。"说着，将凤儿如何冤死，自己如何救出娥儿，投奔西岐，前后实情，细说一遍。尤老爹听罢，泪如泉涌，拉住哪吒，泣不成声。

　　哪吒劝慰老人切莫伤心，并说："娥儿姐姐托我捎话，叫您千万保重，待天下太平，就来接您到西岐去。您不知道，那里的豌豆花，更脆更香！"

　　"好，好，俺不伤心，俺高兴。"尤老爹擦干眼泪，满脸皱纹，泛出笑容。接着，转过身来，对乡亲们说："别看哪吒小小年纪，可心眼真好！他救了俺娥儿性命，这大恩大德，俺至死不忘！"

　　众人不约而同，齐声夸赞："好哪吒！真是英雄少年，人间神童！"

　　谁知哪吒，早已踏轮而起，在孟津上空，朗朗喊道："父老乡亲，稍等片刻，明君武王，就要进城……"

　　黎民万众，欢声雷动；星光灿烂，红霞似锦……

第十五章

斩妖除怪

话说各镇诸侯，纷纷倒戈，络绎不绝，聚集孟津，共辅西岐，讨伐纣王。更有方圆百里，热血壮士，三五成群，汇成巨流，投军从征。时至今日，西岐人马已有百万之众。

　　光阴似箭，日月如梭。转眼之间，已是丹枫迎秋，金菊盛开。一日，敖丙受命，在孟津河畔，操练水军。正午时分，忽见乱云纷飞，阴风怒吼，洪波涌起，浊浪排空。不消片刻，河面之上，隆起冰山雪峰。水军中，有眼明手快的，爬上岸来；那躲避不及的，被冰封水中。敖丙虽有兴云布雨之术，却无力解冻冰山，万般无奈，只得派人报知哪吒。

　　哪吒闻讯，踏风火轮赶来，见此情景，暗暗吃惊。低声道："不知何物，又来作怪？"

敖丙催促道："哪吒兄弟，你快凿出一洞，让我钻到河里看个明白。"

"你别冒险！"哪吒沉吟道，"快把师叔请来，自有降妖妙计。"

敖丙领命，摇身一变，化作一条小龙，腾空飞去。哪吒踏起风火轮，绕着冰山雪峰，细细察看。猛然间，一声轰响，云散风停，红光一闪，冰消雪融。河中水军，如梦方醒，生龙活虎，上下游动。哪吒正在纳闷，忽听有人呼喊："哪吒！哪吒！"

哪吒抬眼一看，见两员小将，红盔金甲，英姿勃勃，腾云驾雾，威风凛凛。哪吒心中一喜，惊呼道："啊，原来是殷郊、殷洪二位殿下！请问二位，从哪里来？到哪里去？"

殷郊说："我兄弟二人，自从被你救出午门，便到玉仙山拜师学艺。我二人虽是纣王之子，但父王听信妲己奸言，将母亲杀害。此仇此恨，时刻不忘。闻听武王东征，已到孟津，今日特来投奔，以报杀母之仇。"

哪吒笑道："好，好！真想不到，今日在此，与二位相会！方才，冰山雪峰，顷刻化解，足见二位仙术不凡！"

"多亏师父密授绝招！"殷洪欣然道，"我二人正在云端，向下观望，不料，从阴阳镜中，见一女妖兴风作浪，冰冻水军。目睹此情此景，岂能坐视不救？"

哪吒哈哈笑道："未曾从军，先立一功！二位兄弟随我来，先去拜见姜丞相。"说罢，踏风火轮，与殷郊兄弟二人，先后落地。这时，恰逢敖丙引姜子牙赶到。

敖丙一见河水清澈，水军又在尽情游动，不禁愕然。姜子牙举目四望，惊异道："风平浪静，哪儿有什么冰山雪峰？"

哪吒急忙上前，说明真情。殷郊兄弟见姜子牙鹤发童颜，慈眉善目，顿生钦佩之情。没等姜子牙搭话，二人便一齐跪倒，纳头叩拜。

姜子牙喜不自禁，连忙拉起殷郊兄弟，问长问短，赞不绝口。敖丙站在一旁，得知这二人原是纣王之子，年岁不大，本事不小，不费吹灰之力，救下无数水军性命。今日周营得此二将，犹如猛虎添翼！他万分激动，对殷郊兄弟施礼道："二位殿下，后来居上！救人之难，功德无量！请受我敖丙一拜！"

殷郊兄弟连忙拉住敖丙，齐声说道："不敢当，不敢当！来日方长，还望老兄多加指点。"

姜子牙吩咐哪吒，协助敖丙操练水军，然后，带领殷郊兄弟，回营来见武王，并将兄弟二人搭救水军一事，报奏一遍。武王大喜，命兄弟二人留在身边听用。消息传开，周营将士皆大欢喜。

　　次日一早，天色微明，三军将士，得令出征。先行官哪吒，前面引路；左有黑虎，右有敖丙，率领万千勇士，随后紧跟。金、木二吒，殷郊兄弟，护卫武王、姜子牙车驾，款款而行。红衣女将统领女兵，押解囚车，从容行进。各镇诸侯，仁人志士，冠服齐整，昂首阔步。李靖压阵，前后照应，军令森严，秋毫无犯。百万大军，红旗、红甲、红盔、红缨，重重叠叠，密密层层，如红霞飘浮，似火龙游动。沿途百姓民众，知是武王北渡黄河，进兵朝歌，喜得眉开眼笑，拍手唱道：

　　黄河流水哗啦啦，

　　喜迎武王平天下！

　　足智多谋姜太公，

　　神通广大小哪吒！

　　雄兵强将军威壮，

　　除暴安良万民夸！……

　　歌声阵阵，此起彼落，情意绵绵，催人泪下。一路之上，武王、姜子牙频频施礼，答谢父老百姓。

滚滚黄河，奔腾不息，惊涛裂岸，白浪滔天。哪吒赶到岸边一看，早有百姓备齐渔船，单等摆渡周营人马。敖丙随后跟来，看了一眼，眉头一皱，道："船少人多，何时才能渡完？当初，真该多多训练水军！"哪吒也不搭话，转身跑去，请来姜子牙，商议如何飞渡黄河。

姜子牙望着河面，胸有成竹道："依我之见，过河不难。水性好的，不妨泅渡；胆量大的，便可乘船；其余人马，穿桥而过。"

哪吒惊奇道："师叔真会说笑话！大河上下，波浪翻滚，哪儿有桥可过呢？"

姜子牙早已念动咒语，猛然喷出一道白光，划破江心，顷刻化作一条白练，浮悬两岸。

敖丙扑哧一笑道："师叔，一条白练，固然可解燃眉之急，但颤颤悠悠，谁人敢过？"

"敖丙兄弟，你除了兴云布雨，还有啥高招，何不在此施展出来？"哪吒催问道。

"好，八仙过海，各显其能！谁有本事，快快施展！"姜子牙笑道。

敖丙低眉一笑："你们瞧，我变他一座真桥。"说罢，念动真言，纵身一跃，跳入河中。转眼间，一座长桥，飞跨南北。

哪吒拍手大笑："好，好！敖丙兄弟，真了不得！"

姜子牙也呵呵笑道："好是好，桥面窄小，能走几人？"

话音未落，突然一声巨响，忽见河水倒流，在白练和长桥当中，出现一座五彩金桥，又长又宽，飞架两岸，如长虹天堑，煞是壮阔。哪吒哈哈笑道："师叔，天无绝人之路！快渡河吧！"

姜子牙欣然下令，命三军将士速速飞渡。红玉带领女兵，刚踏上彩桥，忽听囚车里乱嚷乱叫，又喊又骂。红玉怒喝道："郑、徐二贼！若不老实，便把你们抛进黄河！"

郑亥与徐畏，在同一囚车，不敢吱声，却拼命晃动，不料车倒人翻，滚下桥来。只听咕咚一响，一对难兄难弟，顿时命赴幽泉。

百万雄师，渡过黄河。哪吒站在岸边，高声呼叫："敖丙兄弟，大功告成，快上来吧！"李靖闻知敖丙又建奇功，凝望水面，赞叹不已。

但是，敖丙再也没有回到岸上，那座长桥，却依然飞跨两岸。哪吒呼唤良久，不见敖丙归来，忧心如焚，两行珠泪，簌簌落下。正暗自伤心，忽见彩桥转瞬即逝，一个青衫秀士，从烟波浩渺中，飘然而来。哪吒一见此人，喜出望外，大叫一声："敖光伯父，原来是你！"

李靖更是惊喜异常，急忙拱手施礼道："长兄，一别多年，今日相逢，真是天幸！"

敖光一边还礼，一边笑道："贤弟，贤侄，辅佐明君，眼看功成名就。庆幸，庆幸！"

哪吒心神不定，忧虑道："敖丙兄弟从军以来，奋勇当先，屡立战功。此次渡河，又建奇勋，谁料他一去不复返，真叫人忧伤。"

"贤侄，不必忧伤！"敖光解释道，"敖丙不才，当有自知之明。我已吩咐敖丙，从今以后，以此为家，一心一意，方便来往行人。"

哪吒闻言，失声痛哭道："敖丙兄弟！从此一别，何日才能得以相见？"

敖光安慰道："地久天长，终有相见之日。我今日路经此处，巧遇大军渡江，有幸助一臂之力。只因公务在身，不便久留。待天下平定，各位务必光临龙宫。"说罢，摇身一变，化阵清风，飘然而去。

哪吒心如刀割，泪水涟涟，依依不舍，离开河岸，遂将敖光父子功劳，奏报姜丞相。姜子牙听罢，不禁大喜，忙翻开功劳簿，给敖光、敖丙各记一功。随后，号令三军，长驱直入，奔往朝歌……

百万雄师，一路前进，过河不到五日，便兵临城下。纣王正饮酒作乐，闻听此讯，大惊失色，将手中酒杯摔在地上，怒斥左右："周兵怎样渡过黄河？为何不早来报奏？"

左右唯唯诺诺，如实禀告道："陛下息怒！朝中文武，眼见大势已去，危在旦夕，纷纷打叠细软，连夜逃出皇城。连探马也有去无回，谁肯通报消息？"

纣王捶胸顿足，喟然长叹。妲己暗暗纳闷：我曾用妖术冰冻周营水军，料定他们难以活命。而今，为何又神出鬼没，死里逃生？这其中天机，莫非被姜子牙识破？罢，罢，罢，事到如今，孤掌难鸣，何不撺掇陛下，亲自临阵，决一雌雄。于是，旁敲侧击道："陛下！常言说，树倒猢狲散。如今，却是大树未倒，猢狲已散，真叫人痛心！依妾愚见，与其守株待兔，不如破釜沉舟，扭转乾坤，在此一举。"

纣王冷笑一声："好！美人所言，正合我意，不杀叛贼，誓不罢休！"即传令旨，整备军队，出城杀敌。

纣王顶盔挂甲，全身戎装，提斩将刀，骑逍遥马，在御林军护卫下，簇簇拥拥，杀出午门。

姜子牙早已兵分四路，杀进皇城。此时，刚到午门，却见纣王亲自临阵，立即鸣金击鼓，摆开阵势。纣王拍马上前，指名道姓，大骂姜尚："你这叛贼，无故造反，还不快快送死！"刀光一闪，迎面劈来。

殷郊、殷洪二人，各执雌雄宝剑，左右齐上，举剑架住，痛斥父王诛妻杀子之罪。纣王见是殷郊兄弟，后悔当初不该留下祸根，震怒之下，飞刀劈杀。殷郊兄弟，欲报杀母之仇，纵马舞剑，直取父王。三骑相交，大战一场。

哪吒怕殷郊兄弟受伤，忍不住踏起风火轮，腾在半空，怒喝一声："你这昏君，快还我母亲！"挺开火尖枪，用力一戳，将纣王冲天盔挑得无影无踪。

纣王大吃一惊："啊！哪吒，哪吒，又是你呀！前者，你大闹皇宫，亵渎圣君，还未曾拿你问罪，今日又来作恶，看我饶得了你！"一声令下，急命左右箭射哪吒。

哪吒哈哈一笑，急忙张开豹皮囊。那无数箭镞，宛若流星，闪闪烁烁，一齐飞入囊中。纣王见无济于事，料知哪吒定有仙术，不敢轻敌，只得号令军士上阵拼杀。

御林军士，白盔白甲，摇动旌旗，催开白马，如风卷残雪，前呼后拥，杀到阵前。

不料，姜子牙擂鼓传令，变化阵势，难以捉摸。周营将士，随令而变，忽如蛟龙闹海，又如鹞鹰抓鸡。两军搅作一团，红白交织，难分难解，杀得天昏地暗。红玉率领女兵，争先恐后，蜂拥而上，把纣王团团围住。正待挺枪举刀，忽听连珠炮响，只见一簇人马拥出午门，杀气腾腾，一齐冲来，裹住女兵。红衣女将大喊一声："姐妹们，杀！"

周营女兵，训练有素，短兵相接，毫无惧色。使开刀枪剑戟，鞭铜锤斧，拼力厮杀。纣王被围在当中，见有机可乘，挥起斩将刀，直取红衣女将，断喝一声："女流之辈，也敢造反！"

红衣女将闪身一躲，纵马飞刀，往下砍来。口中骂道："昏君暴虐，人神共愤，天地难容！"二马盘旋，来往战杀二三十回合，不分胜负。殷郊杀来助战，纣王不及提防，左臂中了一剑，大叫一声，坠下马来。左右亲兵，一拥而上，救起纣王，左冲右突，逃回午门。御林军群龙无首，丢盔弃甲，或降或逃，一败涂地。

纣王回到深宫，左臂负伤，疼痛难忍。妲己忙问陛下，为何人所伤？纣王切齿痛恨道："又是那哪吒，一枪挑飞我的冲天盔；不想半路杀出个红衣女将，与我周旋起来，战了二三十回合，胜负难分。谁料，殷郊从背后杀来，险些砍断我的左臂！真是可恼，可恨！"

妲己取出仙药，敷于纣王伤口，不消片刻，伤势见好。纣王连连嗟叹道："我的美人！眼见姜子牙围攻皇宫，你我已成瓮中之鳖，难道白白送死吗？"

妲己故作镇静，粲然一笑："常言道，胜负乃兵家之常。奉劝陛下，安心静养，不必忧虑！我有两个姐妹，武艺超群，盖世无双，不妨请来，为陛下解危。"

纣王转忧为喜，一把拉住妲己，连忙催道："美人有此高招，何不早说！快，快去请来救命恩人。"

妲己不敢怠慢，拜别纣王，走出宫来，口念咒语，摇身一变，化作青鸾，凌空飞去。纣王心神不宁，如坐针毡，由亲兵护驾，登上鹿台，坐观风云。

黄夜时分，淡月疏星，云空漠漠，秋风萧萧。在袅袅烟雾中，忽见三个青衣娘娘，骑玉麒麟，执七星剑，荡荡悠悠，直奔周营而来。妲己声嘶力竭，大叫大嚷："姬发，姜尚！是降是战，快快回话！"

武王闻声，忙问相父："这是何人？如此猖狂！"姜子牙出帐观望，但见妖雾弥漫，沙石飞扬，急忙抽出打妖鞭，怒喝道："尔等乃何方妖魔，胆敢来此造孽！"

青云娘娘凶相毕露，咬牙切齿道："姜子牙！我师兄红魔大王，无缘无故，死在你门徒手下。今日特来拿你首级，以报杀兄之仇！"

哪吒挺胸站出，大喝一声："呔！你这女妖，休出狂言！红魔大王被我制服，与别人无关。一人做事一人当，若是不服，刀枪说话！"言罢，踏起风火轮，挺火尖枪，直取青云娘娘。

青云娘娘怒不可遏，催开玉麒麟，挥舞七星剑，扬尘播土，迎战哪吒。二人枪剑交加，火光迸发。才战三五回合，哪吒默念秘诀，摇身一变，转眼生出三头六臂。青云娘娘也不示弱，把嘴一张，火蛇喷窜，直扑哪吒。哪吒手疾眼快，抛出混天绫，飘飘荡荡，裹住青云娘娘，连人带兽，跌落尘埃。姜子牙猛抽一鞭，只听惨叫一声，随即冒出一缕青烟，青云娘娘立刻现出本相，原是一只九头雉鸡精。

青凤娘娘眼见姐姐一命呜呼，便一个跟斗，翻上九霄。青凤娘娘原为九头乌鸦精所变，任她千变万化，也难寻觅哪吒踪影。正四下张望，只见哪吒穿云破雾，哧溜一下，从天而降，抢起乾坤圈，劈头盖脸，将青凤娘娘打下坐骑。姜子牙又猛抽一鞭，只听扑哧一声，立时飞起一缕青烟，青凤娘娘顿时现了原形。

姐己见姐妹二人接连丧命，怒火冲天，催动玉麒麟，执剑砍来。哪吒不慌不忙，挺枪架住，怒道："你这妖婆，十恶不赦！纵然将你粉身碎骨，也难平民愤！"

姐己冷笑一声："既然如此，实话相告，你那母亲，红颜薄命，不识时务，自投酒池肉林，以守贞节。今日，娘娘我大慈大悲，成全你母子二人，同在西天相会！"说着，把口一张，喷出一道黑气，顿时愁云惨雾，铺天盖地，飞沙走石，扑面打来。

哪吒踏轮凌空，居高临下，抛出七宝金莲，将姐己打下坐骑。不料，姐己未曾落地，却摇身一变，变作九尾狐狸精，翻腾跳跃，来战哪吒。哪吒念动真言，就势祭起九龙神火罩，将狐狸精牢牢罩住。姐己自知末日已到，苦苦哀告："哪吒饶命！哪吒饶命！"

哪吒想到母亲不幸身亡，必是姐己与昏君所害，不觉怒从心头起，切齿痛恨，大喊一声："烧！"刹那间，神火罩里，烈焰升腾，九条火龙飞舞翻滚，九尾狐狸精惨叫一声，不消片刻，化为灰烬。

哪吒连降三妖，周营将士欢欣鼓舞，齐声喝彩。哪吒收回神火罩，见罩内有一方玉玺，忙踏轮落地，将玉玺呈献姜子牙，并惊问一声："师叔，这妖婆为何变成了玉玺？"

姜子牙手托玉玺，哈哈笑道："此乃纣王大印，必是妲己暗中窃去，梦想登上女王宝座！"

哪吒恍然大悟，道："那昏君准保还蒙在鼓里！待我进宫擒拿纣王！"说罢，踏起风火轮，飘然而去。

再说纣王独坐鹿台，凭栏远眺，两眼迷离，心神恍惚。风吹枝摇，月影婆婆，忽见一群美貌女子，泪痕满面，悲悲切切，如镜花水月，飘然而来。纣王又惊又喜，迎上前去，定睛一看，不料都是冤家对头。正待转身，却被姜皇后一把扯住，斥道："昏君！你听信妲己狐媚之言，败伦丧德，忘祖绝宗，杀妻灭子，断送成汤基业，恶贯满盈，死有余辜！"

贾氏夫人、黄妃齐声骂道："昏君！你沉湎酒色，荒淫无道，君欺臣妻，廉耻全无。你将我姐妹推下楼台，死于非命。谁料，你也有今日下场，真是人心大快！"

殷氏夫人，宫女凤儿，还有许多无辜女子，围住纣王，七言八语，连踢带打。纣王胆战心惊，魂飞魄散，惊叫一声，滚下鹿台……

纣王噩梦醒来，不禁吓出一身冷汗。惊魂未定，即令御驾官速去宫中取来玉玺。御驾官刚去不久，就来奏报："启禀陛下，大事不好！玉玺被盗，下落不明。"

纣王闻言，愕然不语。正在这时，忽见值星官匆匆来报："陛下！适才，妲己娘娘与二位姐妹，迎战哪吒，不料祸从天降，三位娘娘俱已丧命。"

一言未了，纣王早已目瞪口呆，惊骇不已。沉默半晌，突然伤心痛哭，连声呼叫："妲己，我的美人！我的爱卿！我的宝贝！我的……"

"陛下！"值星官斗胆奏道，"据哨探报说，妲己娘娘并非真正美人，实为千年狐狸精所变。周营先行官哪吒，神通广大，祭起九龙神火罩，将妲己娘娘烧成灰烬。娘娘窃去的玉玺，也落入周营……"

秋风瑟瑟，落叶萧萧。纣王如临深渊，挥泪悲叹，心乱如麻，思绪纷繁。想到美人妲己，如掌上明珠，千载难逢，朝朝夕夕，形影不离。她举止风雅，温情脉脉，言听计从，百依百顺，如此绝世佳人，谁能相信，会是妖精？我左臂受伤，她暗弹珠泪，于心不忍，献计献策，主动请行，去搬请姐妹前来救驾。姐妹三人，无奈寡不敌众，以死报国，命归九泉。若是妖孽，怎会发此善心？美人妲己！你我相亲相爱，难割难舍，朕宁失江山万里，不负爱妾痴情一片。眼见贼臣叛逆，金瓯社稷，亡在旦夕，不若自焚，随你而去。想到此，整整衮服，理理冕旒，把袍袖一抖，急命左右，火烧鹿台。

顷刻间，火星点点，青烟缕缕。哪吒踏轮飞来，眼见鹿台起火，便用敖丙所授法术，落下一阵细雨，火苗顿然熄灭。又见纣王全身金像，耸立鹿台，一怒之下，抛出金砖，叮当一声，砸碎头像！

纣王正待自焚，忽见天降甘霖，十分惊异，急令左右，堆积柴草，纵火燃烧。没想到左右亲兵，早已逃命。纣王孑然一身，低眉徘徊，忽听金鼓齐鸣，人喊马嘶，知是周营兵马攻下午门，杀进皇宫，不禁毛骨悚然，浑身颤抖。心中七上八下，慌手慌脚，飞步登上琼楼之顶，把心一横，纵身欲跳，不料被人拦腰抱住。

纣王惊问："你是何人？"

"我是哪吒！我是哪吒！"

"啊！我欲自焚，你何苦将火焰熄灭？"

"鹿台用百姓血汗建成，岂能容你付之一炬？"

"我欲跳楼自尽，你何必多此一举？"

"你想死个痛快，没那么容易！"

"你母亲死于宫中，朕愿以命抵命，如何？"

"天下父母，成千上万，被你屈死冤死，逼死杀死，你该怎样偿命？"

"这……"

"这也不难，我带你出宫，去听听父老乡亲的声音！"说罢，将纣王反剪双手，用混天绫缚牢，拿火尖枪一挑，脚踏风火轮，腾在半空。

金风飒飒，晴空湛蓝，红日东升，朝霞满天。哪吒飘飘荡荡，来到东门，百姓官兵一齐呼喊："哪吒，哪吒！快抛下昏君，让我们扒皮抽筋！"

哪吒朗朗笑道："好，好！你们等一等，我问一问西门父老乡亲，该怎样处置昏君？"

哪吒来到西门，百姓官兵齐声呐喊："哪吒，哪吒！快扔下昏君，让我们剜目挖心！"

哪吒朗朗笑道："好，好！你们等一等，我问一问南门父老乡亲，该怎样处置昏君？"

哪吒来到南门，百姓官兵喊声震天："哪吒，哪吒！快掼下昏君，让我们敲骨抽髓！"

哪吒朗朗笑道："好，好！你们等一等，我问一问北门父老乡亲，该怎样处置昏君？"

哪吒来到北门，百姓官兵呼声动地："哪吒，哪吒！

快甩下昏君，让我们千刀万剐！"

哪吒朗朗笑道："好，好！你们等一等，我得问一问天下父老乡亲，叫昏君怎样死，就叫他怎样死！"说着，口念真言，驾起五彩祥云，荡荡悠悠，越飘越高，越飘越远……

武王伐纣吊民，天下平定，即刻传令，将宫中钱财稻粟，一律散发给平民百姓。朝歌城中，万众欢腾，提筐携篮，拥入皇宫，分取钱粮。直到武王登位，分封已毕，也不见哪吒归来。文臣武将疑惑不解，齐问姜子牙："老丞相，哪吒战功赫赫，为何不来受封？"

姜子牙银眉一抖，微微笑道："哪吒人小志大，天下无双，远走高飞，志在天涯。"

从此，哪吒再也没有回到皇城。然而，清清九湾河，映出他的倒影；滔滔黄河浪，留下他的朗朗笑声；巍巍乾元山，闪过他的英姿；静静九龙潭，飞出他的笑语……

后来，有人传说，哪吒曾进水晶宫，拜访过龙王敖光；然后回到西岐，在繁花似锦的田野上，拜孙老爹与娥儿为师，一边学种豌豆，一边给他们说武王伐纣的故事；也有人说，哪吒腾云驾雾，升上天界，见到玉皇大帝，就讲起人间神话……

图书在版编目（CIP）数据

哪吒传 / 于秀溪著 . -- 长沙：湖南文艺出版社，2025.5. --ISBN 978-7-5726-2400-1

Ⅰ. I247.5

中国国家版本馆 CIP 数据核字第 202593KW34 号

上架建议：畅销·文学

NEZHA ZHUAN
哪吒传

著　　者：于秀溪
出 版 人：陈新文
责任编辑：张子霏
出 品 方：好读文化
出 品 人：姚常伟
监　　制：毛闽峰
策划编辑：刘　雷
特约策划：张若琳
文案编辑：孙　鹤
营销编辑：刘　珣　大　焦
封面设计：利　锐
版式设计：鸣阅空间
内文插画：郭妍菲
出　　版：湖南文艺出版社
　　　　　（长沙市雨花区东二环一段 508 号　邮编：410014）
网　　址：www.hnwy.net
印　　刷：北京美图印务有限公司
经　　销：新华书店
开　　本：775 mm × 1120 mm　1/32
字　　数：160 千字
印　　张：10
版　　次：2025 年 5 月第 1 版
印　　次：2025 年 5 月第 1 次印刷
书　　号：ISBN 978-7-5726-2400-1
定　　价：56.00 元

若有质量问题，请致电质量监督电话：010-59096394
团购电话：010-59320018